KB114897

MODERN FANTASTIC STORY

전설의
투자가

박선우 현대 판타지소설

전설의 투자가 8

박선우 현대 판타지 소설

초판 1쇄 찍은 날 § 2021년 2월 5일
초판 1쇄 펴낸 날 § 2021년 2월 12일

지은이 § 박선우
펴낸이 § 서경석

총괄팀장 § 노종아
편집책임 § 신나라
디자인 § 공간42

펴낸곳 § 도서출판 청어람
등록번호 § 제387-1999-000006호
등록일자 § 1999. 5. 31
어람번호 § 제1-3113호

주소 § 경기도 부천시 부일로 483번길 40 서경B/D 3F (우) 14640
전화 § 032-656-4452 팩스 § 032-656-4453
http://www.chungeoram.com
E-mail § chungeorambook@daum.net

ISBN 979-11-04-92308-1 04810
ISBN 979-11-04-92230-5 (세트)

MODERN FANTASTIC STORY

전설의 투자가

8 [완결]

박선우 현대 판타지소설

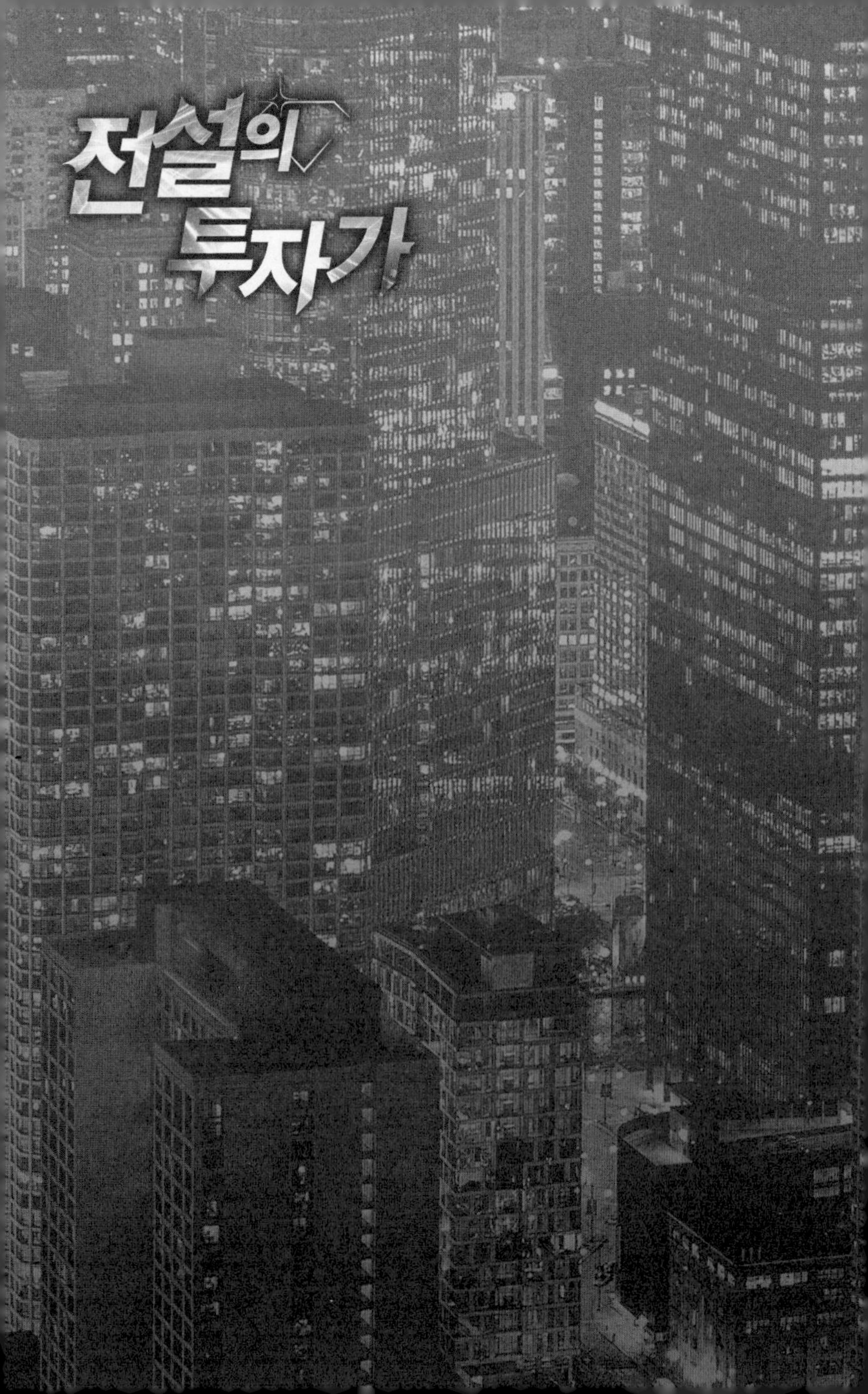
전설의
투자가

목차

제46장 대한민국의 저력   7

제47장 데드캣바운스   37

제48장 카오스   89

제49장 푸른 내일을 향해   141

제50장 그들의 선택   173

제51장 태풍의 눈   235

제52장 마지막 콘서트   275

제46장
대한민국의 저력

미국 CNN 방송기자 해밀턴은 데스크의 지시를 받은 후 짐을 꾸렸다.

내키지 않는 출장.

출장지는 서울이었고 데스크가 내린 지시는 전 세계적으로 화제가 되고 있는 대한민국의 방역망을 취재해 오라는 것이었다.

현재 전 세계의 바이러스 전쟁 양상은 크게 세 가지로 나뉜다.

첫째는, 공산국가인 중국이 쓴 방법으로 도시를 전부 봉쇄하고 확진자를 가려내어 확산을 방어하는 것.

둘째는, 대한민국처럼 도시를 봉쇄하지 않은 채 선제적으로 무차별 검진을 통해 확산을 막아내는 것.

셋째는, 영국처럼 정상적으로 활동하며 국민의 대다수가 감염되어 집단면역으로 바이러스를 제압하는 방법이다.

미국이 처음 선택한 것은 바로 세 번째.

매년 감기로 수천 명씩 사망하고 있으니 이번 바이러스도 그와 비슷하게 치부하며 정상적인 경제활동을 영위하는 방법을 선택했다.

전체 인구의 60%가 면역이 되면 자연스럽게 바이러스가 퇴치된다는 게 집단면역책의 이론적 배경이었다.

미국 대통령은 공식 석상에서 코로나바이러스를 조금 심한 감기 정도로 치부하며 농담으로 일관했었다.

하지만 상황은 급박하게 바뀌었다.

질병 센터의 리처드슨 박사의 논문에 따르면 이대로 방치할 경우 최소 7천만 명이 감염되고 2백만 명이 사망할 수 있다는 언론보도가 나가자 대통령의 생각이 급속도로 변했던 것이다.

위대한 미국 국민들이 2백만이나 죽어?

충격이었을 것이다.

단순하게 감기 정도로 생각했던 그의 생각은 연구논문에 나온 한 줄 통계로 인해 하늘 저편으로 날아갔다.

거기에 더불어 언론과 민주당 쪽에서는 대통령의 안일한 대응을 성토하며 연일 맹공을 퍼부었는데 민심조차 점점 불안에 빠져들었다.

하원의장은 직접 한국을 거론하며 공세적인 확진 검사를 통해 바이러스를 제압해야 된다고 주장했다.

대통령은 사업가의 기질을 발휘하며 곧장 태세를 전환해서 바이러스와의 전면전을 선포한 후 대량의 진단키트를 뿌려 확진자를 골라내기 시작했다.

그는 지상 최대의 강대국, 미국의 자원을 전부 동원해서라도 한국보다 더 최단시간 내에 바이러스의 확산을 막겠다는 자신감을 보였다.

그러나 그의 자신감은 시간이 흐를수록 점점 추락할 수밖에 없었다.

미국과 한국의 상황이 달랐고 국민 의식과 정신 구조, 문화 패턴에서 엄청난 차이가 있었기 때문이었다.

한국 사람들은 누가 지시하지 않아도 스스로 마스크를 쓰면서 손을 청결하게 관리했고 정부의 지시에 따라 사회적 거리 두기를 실행했지만 미국인들은 그런 것과 거리가 멀었다.

마스크를 쓰면 강도 취급 당하는 사회 분위기가 한몫했고 자유와 방종을 착각하며 바이러스가 본격적으로 확산될 때까지 수많은 젊은이들이 축제를 즐겼다.

해밀턴에게 촬영팀을 꾸려 한국으로 날아가라고 지시한 것은 현재 미국의 상황이 최악으로 치닫고 있었기 때문이었다.

뉴욕은 전쟁터를 방불케 하고 있었다.

셀 수 없는 사람들이 확진자로 판명되며 도시는 순식간에 아수라장으로 변하고 말았다.

이대로는 안 된다.

언론이 반드시 해야 할 일은 진실을 찾아내어 사회를 변혁시키는 것이다.

따라서 이번 파견은 한국의 방역 체계와 관리 기법 등을 상세하게 파악하고 보도해서 정부의 정책이 뭐가 잘못되었는지 알리는 게 목적이었다.

           *   *   *

"뭐야, 바로 나가?"

"놀랄 일이군. 전혀 기다리지 않잖아?"

"한국은 외국인들을 차단하지 않았는데 왜 이렇게 한산하지?"

카메라 기사 존슨이 어리둥절한 표정을 짓자 해밀턴도 이해가 되지 않는단 얼굴로 주변을 둘러봤다.

입국심사에 줄을 선 사람들은 불과 100여 명 정도였는데, 그것도 빠르게 줄어들고 있었다.

"저것 봐, 엄청 빠른 속도로 통과시키잖아."

"한국은 입국하는 모든 사람들을 검사한대. 우리는 열만 체크하는데."

"검진 결과가 나올 때까지 우린 하루만 격리하면 돼."

"정말 하루래. 어떻게 그럴 수가 있지?"

"6시간이면 검진 결과가 나온단다. 원래는 안전을 위해 15일 격리가 필요한데 한국 정부에서 밀착 감시 한다는 조건을 달면서 하루만 격리하는 것으로 허락해 줬어. 취재라는 특수성을 인정해 준 거지."

"정말 미친 거 아냐. 어떻게 6시간이면 나오지? 우리 최소 5일은 걸리는데."

"그래서 한국이 세계 최고 소릴 듣는 거 아니냐."

입국심사대에서 방진복을 입은 채 검진하고 있는 사람들의 손놀림이 예사롭지 않았다.

그들은 마치 기계처럼 움직였는데 미국의 검진 센터와 비교할 수 없을 정도로 빠른 속도였다.

"사람이 어떻게 저럴 수 있어. 저거 검사 안 하고 흉내만 내는 거 아닐까?"

"휴우, 넌 다이내믹 코리아란 말 못 들어봤냐. 행동이 세계에서 제일 빠른 사람들이 한국인들이야. 내가 뉴욕에서 일할 때 한국인과 같이 근무한 적이 있는데 난 걔가 암산하는 거 보고 진짜 놀랐다. 마치 컴퓨터를 보는 것 같았어."

"정말 그 정도야?"

"세 자릿수 덧셈 뺄셈이 그냥 나오더라니까."

"대단하네. 세 자릿수를 계산기도 없이 계산한다는 게 말이
돼?"

"그러니까 놀랄 일이지. 걔가 그러는데 한국에서는 대부분의
사람들이 그렇게 한다고 했어."

"우와, 거짓말!"

"어쨌든 가자. 우리 차례야."

＊   ＊   ＊

해밀턴이 한국 정부가 마련해 준 격리시설에서 나온 건 정확
하게 24시간이 지난 후였다.

그들 취재진에는 보건당국에서 파견 나온 정문영이 따라붙었
는데, 그녀는 그들이 접촉하는 사람들을 일일이 체크하고 정해
진 루트에서만 움직이도록 감시하는 역할이었다.

감시를 받는다는 게 유쾌한 일은 아니었으나 한국 정부의 배
려를 생각한다면 불쾌하게 여길 일도 아니었다.

CNN의 특별취재팀이었고 한국 검진 체계의 우수성을 취재한
다는 목적 때문에 한국 정부는 15일 격리란 원칙에서 물러나 준

게 분명했다.

정문영의 도움을 받아 기본적인 검진 시스템부터 확인을 시작했다.

처음부터 바로 입이 떡 벌어졌다.

도대체 이 나라는 어쩌면 이럴 수 있지?

한국은 아파서 온 사람뿐만 아니라 확진자의 주변, 심지어 스스로 걱정이 되어 찾아온 사람까지 무조건 검진하는 체계를 갖추고 있었다.

그런 상황에서도 한국은 현재 겨우 100여 명의 확진자가 나오는 상태였다.

어이가 없어 말이 나오지 않았다.

미국은 매일 만 명 넘게 확진자가 나오는 중이었다.

아파서 찾아온 사람들만 검진한 것임에도 한국의 20배가 육박하는 숫자가 매일 쏟아져 나온다.

만약 미국이 한국처럼 검진을 한다면 얼마나 많은 확진자가 나올까?

생각만 해도 아찔했다.

한국은 확진자 주변 인물들에 대해서는 무조건 검진을 했고 음성반응이 나와도 15일간 격리 명령을 내렸다.

얼마나 인터넷이 발달했는지 격리된 사람의 일거수일투족을 보건당국이 체크했는데, 조금이라도 지정 장소를 이탈하면 즉시 경고 문자가 보내졌다.

더 놀랐던 건 격리자에게 15일 동안 먹을 것과 기본적인 위생 품들이 전달된다는 것이었다.

그것도 공짜로.

미국은 상상조차 하지 못할 일이 한국에서는 여기저기 거짓말 처럼 벌어지고 있었다.

"철저하게 준비하셔야 돼요. 이번에 갈 곳은 확진자가 입원한 병원이니까 이 방진복을 착용해 주세요."

정문영의 지시에 따라 준비된 방진복을 입고 병원으로 들어 섰다.

사실 해밀턴은 한국에 대해 부정적인 생각을 가지고 있었다.

한국이 세계 3위의 경제대국으로 성장했음에도 그는 어렸을 때 할아버지가 보여주었던 한국 사진을 생생하게 기억하고 있었 기에 안 좋은 선입견이 있었다.

먹을 게 없어 미군 차량을 따라가는 배고픈 아이들의 모습, 처 참하게 무너진 도시의 잔재들, 독재정권에 대항하기 위해 피 흘 리던 젊은이들.

한국에서 오랫동안 특파원으로 주재했던 할아버지는 꽤 많은 사진들을 가지고 있었는데, 하나같이 충격적인 사진들뿐이었다.

병원에 들어서는 순간 또다시 입이 벌어졌다.

도대체, 이게 사실일까?

혹시 미국에서 취재를 왔기 때문에 미리 준비하고 있다가 위선적인 장면을 보여주는 건 아닐까?

도저히 이럴 수는 없었다.

그가 알기로 처음 발생되었던 중국부터 이탈리아, 스페인, 프랑스, 심지어 위대한 나라 미국까지 환자들이 넘쳐나며 복도에까지 침대가 놓인 채 진료되고 있었지만, 이 병원에는 전혀 그런 모습이 보이지 않았다.

아니, 그 정도가 아니다.

병원은 깔끔하게 정돈되어 있었고 외부인들을 완벽하게 차단한 채 방진복을 입은 의사와 간호사들만이 병실에 누워 있는 환자들을 돌보는 중이었다.

"이게 영수증이라고?"

"4만 6천 원. 우리나라 돈으로 30달러네."

"얘들 정말 미친 거 아냐? 20일이나 입원해 있었는데 진짜 이것만 내면 된단 말이야?"

해밀턴이 영수증의 숫자를 계속 확인하며 믿을 수 없다는 눈으로 존슨을 쳐다봤다.

하지만 존슨은 이미 카메라로 영수증을 찍느라 정신이 없었다.

"문영, 정말 이 돈만 내면 퇴원이 됩니까?"

"맞아요. 우리나라는 의료보험 체계가 워낙 잘되어 있고 바이러스에 감염된 사람들에겐 정부에서 특별 보조금이 나오기 때문에 환자가 부담하는 건 그게 다예요."

"혹시, 우리 나라는 얼마나 나오는지 알아요?"

"인터넷에서 보니까 수천만 원이 나온다면서요. 그래서 감염된 사람들이 일부러 병원을 찾지 않는단 소리도 들었어요."

"맞아요. 그게 미국의 현실입니다……."

해밀턴이 고개를 푹 숙였다.

지금까지 살아오면서 미국이 제일 잘사는 나라고 제일 강하다는 자부심을 가진 채 살아왔으나, 지금 이 순간은 쥐구멍이라도 들어가고 싶었다.

이래서 한국이 바이러스와의 전쟁에서 이기는 거구나.

이런 시스템이 구축되어 있고, 뛰어난 국민 의식과 위기를 극복하고자 하는 아이디어들이 합쳐치면서 한국은 전설을 만들어내고 있었다.

드라이빙 스루에 이어 워킹 스루까지 구축해서 전 세계로 수출한 한국의 방역 시스템은 이들이 국난을 이겨내기 위해 얼마나 노력하는지 알려주는 결과물이었다.

한국에 도착하면서 특파원 자격으로 왔지만 별 기대를 하지 않았다.

기축통화, 달러를 지닌 미국은 천문학적인 돈을 퍼부을 수 있는 세계 유일의 나라다.

세계 각국에서 한국을 배워야 한다며 떠들었지만 조금 늦었음에도 미국은 한국 이상의 성과를 내면서 바이러스를 극복할 수 있을 거라 자신했다.

하지만 막상 한국의 상황을 확인하자 그런 자신감은 허공 너머로 순식간에 사라지고 말았다.

이래서 유럽의 많은 나라들과 미국이 한국의 시스템을 따라 하지 못하고 수많은 감염자와 사망자를 양성하는 것이구나.

이들이 만들어낸 시스템을 따라 하고 싶지 않아서 안 하는 게 아니다.

미국과 유럽의 선진국들이 한국을 따라 하지 못하는 건 이들의 시스템이 너무나 완벽해서 도저히 따라 할 수 없기 때문이란 결론이 나왔다.

'대단하다, 한국. 정말 당신들은 대단하구나!'

＊　　　　＊　　　　＊

골드만 삭스의 헨드릭스는 주식 창을 바라보며 한숨을 길게 흘려냈다.

이상한 나라, 한국.

전 세계의 주식시장이 박살 나는 동안 17%나 하락했던 한국 시장은 슬금슬금 기어오르더니 어느새 원래대로 회복한 상태였다.

처음에는 거대 자금이 움직여 자신들이 던진 매물을 소화했으나 시간이 지나자 개인투자자들이 물밀듯 밀려들었다.

제우스는 개인투자자들이 하락을 막으며 버티자 사이드에서 약간의 자금으로 상승을 주도해 주었다.

그리고 지금.

바이러스로 인해 연준의 무차별적인 양적완화와 각국의 중앙은행들이 미친 듯 돈을 풀면서 전 세계 주식시장이 반등을 시도 중이었지만, 한국 시장은 미국과 유럽, 일본의 주가가 하루에 5% 이상 솟구치고 있었음에도 꾸준히 원래의 자리에서 소폭 상승만 한 채 자리를 지켰다.

어쩌면 당연한 일이다.

떨어진 것이 없었으니 데드캣바운스가 일어나지 않는다 해도 전혀 이상한 일이 아니다.

하지만 헨드릭스는 대한민국의 주식 창을 보면서 전율이 일어났다.

지금도 골드만 삭스를 포함해서 하루에 1조 이상의 외국계 투자자금을 팔아치우지만 전혀 주가에 영향을 주지 못했다.

"톰, 자네 생각은 어때? 우리가 사면 한국 시장이 다른 나라들처럼 올라갈까?"

"그럴 수 있다고 생각합니다. 우리가 같이 따라붙으면 한국 시장도 다른 나라처럼 상승폭이 커질 겁니다."

"아직도 넌 멀었구나."

"무슨 말씀이신지……."

"한국 시장에는 수호신이 산다. 우리가 장난치면 언제든지 나타나 팔을 꺾어버릴 정도로 엄청난 힘을 가진 수호신 말이야. 지금 세계 투자가들이 한국 시장을 어떻게 보는지 알아?"

"미국 국채 정도의 안전자산으로 보더군요."

"맞아, 이지스그룹과 갤럭시그룹의 기업들은 미국 국채 정도의 안전자산으로 보지. 자네는 그 이유가 이지스그룹과 갤럭시그룹의 매출액과 순이익이 엄청나서 그렇다고 생각하나?"

"그렇지 않습니까?"

"그들도 바이러스로 인해 폭파된 상황에서는 매출액이 반토막 난다. 그럼에도 주식이 꿈쩍하지 않은 건 제우스 때문이야. 대한민국의 수호신, 제우스 말이다."

"그들이 대단한 자금력이 있다는 건 잘 압니다. 하지만… 저는 이런 현상이 전적으로 그들 때문에 생긴 건 아니라고 생각합니다."

"왜?"

"한국 국민들의 투자 방식 때문입니다. 보스께서도 보셨겠지만 한국인들은 이번 폭락장에서 무려 30조를 사들였습니다. 한국인들은 이지스그룹과 갤럭시그룹의 주가가 15% 이상 빠지자 미친놈들처럼 달려들었습니다. 마치 지금 사지 않으면 죽을 것처럼 말입니다. 만약 그들이 없었다면 제우스도 주가 방어에 조금은 무리가 따랐을 겁니다."

"틀렸어."

"예?"

"개인 투자가 없었어도 한국은 하락장을 맞이하지 않았을 거야. 제우스가 허락하지 않는 한 한국 시장은 움직일 수 없거든."

"설마요."

"최근 5년 동안의 한국 시장을 봐라. 매년 10%씩 올랐어. 주가지수 3,000이던 게 5년 만에 4,500이 되었다. 이렇게 자로 잰 것처럼 움직이는 게 우연이라고 생각해?"

"제우스가 컨트롤했다는 뜻입니까?"

"맞아, 제우스가 한 짓이다. 그들은 한국인들이 마음껏 투자할 수 있도록 판을 벌여준 거야. 절대 한국 시장은 떨어지지 않는단 믿음을 심어주기 위해."

"끄응."

"그럼에도 우린 이런 매력적인 시장에서 자금을 빼고 있어. 그냥 두면 또박또박 수익을 얻을 수 있는 장에서 물러서고 있단 말이야. 본사 차원에서는 현금 확보를 위해 어쩔 수 없었겠지만 난… 그게 너무나 억울하다."

                    *   *   *

   이탈리아에서 유학 중인 김예정, 이하영은 집에서 꼼짝하지
못하고 갇혀 있었다.

   사방에는 죽어나가는 사람들 천지였고 정부는 절대 밖으로
나가지 말라며 엄포를 놨기 때문에 아예 나갈 생각조차 하지 못
했다.

   무서웠다.

   창밖을 통해 보이는 거리는 너무나 적막해서 마치 공포소설
에 나오는 인류 종말의 장면을 보는 것 같았다.

   벌써 한 달째.

   집에서 갇혀 살던 사람들은 서로를 격려하기 위해 일주일에
한 번씩 시간을 정해놓고 발코니로 나와 노래를 부르며 춤을 췄
다.

   그때마다 두 사람도 발코니로 나가곤 했으나 시간이 지나면
서 나가는 걸 멈췄다.

   처음 행사 땐 열정적으로 노래하며 바이러스와의 전쟁에서
절대 지지 말자던 사람들이 시간이 지속되자 점점 절망감에 사
로잡혀 갔기 때문이었다.

   발코니엔 이제 웃음 대신 눈물과 비명만이 가득찰 뿐이었
다.

냉동창고에 쌓이는 시체들, 무덤을 더 이상 마련하지 못해 체육관에 켜켜이 쌓이는 시체들에 관한 이야기가 괴담처럼 사람들 사이에서 떠돌았다.

텔레비전을 통해 방송되는 뉴스는 그야말로 지옥을 보는 것 같았다.

그 와중에 들려오는 조국, 대한민국의 소식이 그나마 그녀들에겐 유일한 희망이었다.

전 세계 이목을 집중시키며 바이러스와의 전쟁에서 당당하게 맞서는 대한민국의 분투는 세계 모든 나라들에게 부러움과 존경의 대상이 되어가고 있었다.

돌아가고 싶어 눈물이 나왔다. 그런 자랑스러운 나라로.

"흐흑, 하영아, 나 여기서 벗어나고 싶어. 엄마, 아빠가 너무 그리워."

"바보, 울지 마. 지금 우리에게 남은 건 버티는 것뿐이야. 가고 싶다고 갈수 있는 상황이 아니잖아. 저길 봐. 거리엔 오직 들쥐들과 사람들로부터 버림받은 개들만 돌아다닐 뿐이야. 참아, 그리고 상황이 좋아질 때까지 기다려야 해."

"우리 정부는, 우리 정부는 왜 이런 상황에서 우릴 그냥 내버려 두는 거야. 국민들이 위험에 처했으면 도와줘야 되는 거잖아."

김예정이 울음을 멈추지 못하자 이하영이 그녀의 어깨를 끌어당기며 등을 두들겨 주었다.

마음이 여린 친구.

그녀는 바이러스가 세상을 뒤덮기 전에도 고향이 그리워 종종 울던 친구였다.

"예정아, 우린 우리 의지에 따라 공부를 하러 온 사람들이야. 정부가 일부러 보낸 게 아니라고. 너도 알다시피 정부도 지금 바이러스와의 전쟁 때문에 정신이 없는 상태야. 그런데 어떻게 외국에 나가 있는 수많은 사람들을 전부 구해줄 수 있겠니."

"그래도… 난 돌아가고 싶단 말이야. 엄마, 아빠가 있는 대한민국으로 돌아가고 싶어."

"철없이 굴지 마. 그런 소망은 이뤄질 수 없어. 우리가 있는 여기 이탈리아는 바이러스의 온상이 된 지 오래야. 그런 곳에 있던 우릴 정부가 어떻게 데리러 와. 우리가 돌아가면 한국이 힘들어질 텐데. 안 그래?"

"난, 안 걸렸어. 괜찮다고. 너도 아무렇지 않잖아!"

아직도 희망을 걸고 있는 걸까?

이탈리아의 상황이 심각해지면서 이탈리아 한인회와 대사관 쪽에서 귀국에 대한 논의가 있었다고 들었다.

하지만 예상대로 그 이후의 진전은 전혀 이뤄지지 않고 있었다.

당연한 일이다.

세계 어떤 나라도 바이러스의 천국이 된 이탈리아 자국민들을 귀국시키지 않았다.

그들이 돌아갈 경우 전 국민이 위험에 처할 수 있으니 각국은 바이러스가 심한 나라의 자국민을 방치하고 있었다.

전화벨이 요란하게 울리기 시작한 건 그녀들이 겨우 울음을 멈추고 휑하게 빈 창밖을 바라보며 한숨을 짓고 있을 때였다.

"이하영 씨 핸드폰인가요?"

"예, 그런데요?"

"아, 저는 이탈리아 대사관에서 근무하고 있는 정철기입니다. 거기 김예정 씨도 같이 계시죠?"

"맞아요."

"우리 정부에서 이탈리아 교민들을 위해 다음 주에 두 대의 특별기를 보내온다는 연락이 왔습니다. 그래서 연락드린 겁니다. 귀국 의향이 있으면 지금 신청하셔야 되거든요."

"그게… 정말인가요?"

"그렇습니다. 귀국 의향이 있으신가요?"

"그럼요, 우리가 얼마나… 얼마나 돌아가고 싶었는데요. 우린 갈게요. 무조건 갈게요. 그러니까 우리 꼭 데려가 주세요."

"알았습니다. 그럼 인원이 확정되면 다시 연락드리겠습니다."

대사관 직원의 전화가 끊기고 나자 한동안 멍하니 있던 이하영의 얼굴에서 눈물이 주르륵 흘러내렸다.

김예정에게는 강한 모습을 보이기 위해 노력했으나 그녀 역시
두렵고 무서웠다.

멀고 먼 타국 땅에서 죽을지도 모른다는 공포감.

그걸 이겨내기엔 그녀의 나이와 경험이 충분하지 않았다.

"하영아… 무슨 전화야?"

"대사관이야. 예정아, 우리 집에 돌아갈 수 있을 것 같아. 우리
정부가… 우리 정부가 우릴 위해서 특별기를 보내준대."

"그게… 정말이야? 정말이지? 거짓말 아니지?"

"진짜라니까."

"우왕… 정말, 우리 갈 수 있는 거지. 정말이지?"

"응, 다음 주에 온대."

"만세, 우리나라 만세. 하영아, 고마워. 정말 고마워!"

"바보야, 왜 나한테 고마워? 정부한테 고마워해야지."

"정부한테도 고맙고 너한테도 고마워. 넌 나를 지금까지 지켜
줬잖아."

*   *   *

UAE의 압둘 하메드 대통령은 깊은 시름에 젖어 하산 내무장
관의 보고를 받았다.

남의 나라 일이라고 생각했던 바이러스가 아부다비와 두바이에 침투되어 급속히 퍼지고 있는 중이었다.

압둘 하메드 대통령은 아부다비의 국왕으로서 일곱 개 전제국 국왕으로 구성되는 최고위원회를 이끌었지만 정치, 외교를 제외하고는 각 왕국에게 대부분 권한을 위임하고 있었다.

하지만, 바이러스가 침투되자 상황이 급격하게 바뀌었다.

평상시에는 전제국으로 권한이 위임되지만 비상사태 시에는 그에게 모든 권한이 집중된다.

"얼마나 감염되었소?"

"솔직히 정확한 숫자를 알 수 없습니다. 우리에겐 진단키트가 없어 정확한 숫자를 파악하지 못했습니다."

"그럼 빨리 진단키트를 만들어야 될 거 아니요?"

"우리 나라 의료 수준으로는 진단키트를 만들 수가 없습니다."

"허어, 그럼 어쩌란 말이오. 만들지 못하면 수입이라도 해야 되는 거 아니겠소?"

"진단키트를 가지고 있는 나라는 많지 않습니다. 바이러스가 제일 먼저 창궐했던 중국과 일본, 한국, 유럽의 일부 국가 정도에 불과합니다."

"그래서요?"

"현재 모든 국가가 여력이 없는 상태입니다. 각국은 전부 바이러스와의 전쟁 중이라 진단키트를 수출하지 않고 있습니다."

"한국도 그렇단 말입니까?"

"한국은 현재 가장 많은 수의 진단검사를 하는 나랍니다. 그들도 여력이 없는 상태입니다."

"그렇다면, 우리 국민들이 전부 죽은 후에야 수입할 거요? 무슨 수라도 내야 될 거 아니요!"

평상시에 온유한 성격으로 잘 알려진 압둘 하메드 대통령의 입에서 고함이 터져 나왔다.

그가 대통령에 취임한 후 최고위원회가 열린 회의장에서 이렇게 고성을 터뜨린 건 이번이 처음이었다.

그만큼 현재의 상황이 답답했고 다급하기 때문이다.

그때, 두바이 국왕이자 총리를 맡고 있던 알킴 모하메드의 굳게 닫혀 있던 입이 스르륵 열렸다.

"대통령님, 우리 UAE는 한국과 오랜 친분을 쌓아온 사이입니다. 전 세계가 한국인들을 차단했을 때 우리는 그들의 입국을 금지시키지 않았습니다. 그들과 맺어온 인연이 그만큼 소중했기 때문이죠."

"그래서요?"

"대통령님께서 한국 대통령에게 부탁을 해보십시오. 우리와의 우정을 생각해서라도 도와주지 않겠습니까?"

"음……"

두바이 국왕의 의견을 들은 대통령의 입에서 무거운 신음 소리가 흘러나왔다.

벼룩도 낯짝이 있다고 한다.

지금 한국의 소식이 연일 토픽으로 올라올 정도로 그들은 총력을 다해 바이러스와 싸우는 중이었다.

그런 그들에게 진단키트를 달라는 것은 적과 싸우는 병사에게 총알을 달라고 말하는 것과 다름없는 짓이었다.

그랬기에 그의 얼굴은 어두워진 채 한동안 아무 말을 하지 못했다.

한국 대통령은 온유한 사람이었고 진중했으며 UAE의 발전을 위해 첨단 과학 분야와 건설 쪽에서 적극적인 지원을 아끼지 않은 사람이었다.

벌써 세 번이나 UAE에 왔었는데 조만간 한국 기술로 건설되는 원전 발전 설비 개통식에도 참여할 예정이었으나 이번 바이러스 때문에 연기된 상황이었다.

서로의 신분을 떠나 저절로 존경심이 우러나올 만큼 뛰어난 지도자였기에 그는 한국 대통령과의 인연을 소중하게 생각하고 있었다.

그렇기에 중동에서 유일하게 한국인의 출입을 통제하지 않았던 것이다.

"대통령님, 시간이 지날수록 우리는 엄청난 고통에 시달려야 됩니다. 이번 일로 내무장관에게 보고받으며 세계 각국의 사정을 전부 살펴본 결과, 한국만이 유일한 대안이었습니다. 중국의 검진 키트는 신뢰성이 30%밖에 되지 않고 일본의 생산 능력은 현저하게 떨어지고 있습니다. 유럽은 말할 것도 없지요. 저 역시 한국의 상황을 잘 알고 있지만 지금으로서는 한국만이 유일한 희망입니다. 그러니 대통령님……"

"알겠습니다. 제가… 한국 대통령에게 부탁을 해보겠습니다. 하지만 이것만은 알아야 합니다. 그들이 우리의 부탁을 들어주지 못한다 해도 미워하면 안 됩니다. 오히려 우리가 무리한 부탁을 하는 것이니 우리가 미안해야 한단 말입니다."

"무슨 말씀인지 충분히 이해합니다."

총리가 대표로 대답하자 좌중에 앉아 있던 국왕들이 동시에 고개를 끄덕여 동의를 표했다.

그러자 대통령이 비서실장을 향해 고개를 끄덕였다.

눈치 빠른 비서실장이 핸드폰을 가져오자 압둘 하메드 대통령이 길게 숨을 들이마신 후 천천히 단축번호를 눌렀다.

작년 가을, 헤어질 때 긴급하게 연락할 일이 있으면 전화하라며 남겨준 한국 대통령의 직통 번호였다.

모든 사람들이 긴장된 얼굴로 대통령의 행동을 지켜봤다.

이 전화에 국가의 존망이 달린 것이나 다름없었다.

"대통령님, 저 UAE의 압둘 하메드입니다. 잘 계셨습니까?"

　　　　　*　　　　　*　　　　　*

　대통령은 UAE 대통령의 전화를 받은 후 긴급하게 보건복지부 장관과 질병본부장을 호출했다.

　UAE 대통령의 부탁은 쉽게 가부를 결정할 수 없는 내용이었기에 최대한 빠른 시간 내에 검토해서 알려주겠다며 전화를 끊었다.

　"장관님, 방금 UAE 대통령에게 전화가 왔습니다. 진단키트를 보내달라고 하는데, 장관님 생각은 어떠십니까?"

　"현재까지 우리 정부 쪽에 진단키트를 보내달라는 국가가 무려 37개국입니다. 하지만, 전부 보내주지 못한다는 답변을 했습니다. 그만큼 우리 쪽 상황이 만만치 않기 때문입니다. 우리나라에서 생산하고 있는 건 거의 국내에서 소비가 되는 상황입니다."

　"허어, 전혀 여유가 없습니까?"

　"다른 나라에게 수출하기 위해서는 생산업체 직원들이 24시간 쉬지 않고 가동해야 되는 상황입니다. 대통령님께서도 아시는 것처럼 우리나라 생산업체들은 그동안 잠시도 쉬지 않고 진단키트를 만드느라 무진 애를 썼습니다. 그들은 대한민국을 살려야 된다는 신념으로 잠도 제대로 자지 못한 채 일을 했습니다."

"그분들의 노고를 모르는 게 아닙니다. 하지만 장관님, UAE는 중동 국가 중 유일하게 한국인들의 입국을 차단하지 않는 신뢰를 보여주었습니다. 그런 혈맹을 우리가 모른 체해서야 되겠습니까?"

"UAE에 수출을 하게 되면 다른 나라들이 가만있지 않을 텐데요."

"우리를 거부한 자들입니다. 우리와의 신뢰를 지킨 국가와 그들이 같은 대우를 받는다는 건 말이 되지 않습니다. 저는 솔직히 UAE를 도와주고 싶습니다. 그래서… 대한민국과의 의리를 지킨 국가에는 반드시 보답한다는 걸 세계에 보여주고 싶어요."

"무슨 말씀인지 알겠습니다. 최대한 물량을 확보해서 수출할 수 있도록 준비해 보겠습니다."

"이왕 도와주는 거 직접 가져다줍시다. 왔다 갔다 하려면 시간이 걸릴 테니까 특별기를 띄워서 보내는 게 어떻겠습니까?"

"그렇게 조치하겠습니다."

*　　　　*　　　　*

한국 대통령으로부터 전화를 받은 압둘 하메드 대통령의 얼굴에서 햇살 같은 웃음이 피어올랐다.

차마 하기 어려운 부탁을 해놓고 답변을 기다리는 동안 수많은 생각들이 뇌리를 스쳐 지나갔다.

자신이라면 과연 이렇게 무리한 부탁을 들어줄 수 있을까?

못 할 것 같다.

국민의 목숨이 달려 있는 일이었으니 아무리 친분이 깊다 해도 쉽게 들어줄 수 없는 일이다.

더군다나 외교장관을 통해 들어온 정보에 따르면 한국 쪽에 진단키트를 요청한 국가가 무려 45개로 늘어났지만 수출이 허가된 곳은 한 군데도 없었다.

그렇기에 커다란 기대를 하지 않았다.

그 어디에도 진단키트를 보내주지 않았다는 건 그들의 상황이 여전히 심각하다는 걸 의미했기 때문이었다.

"여러분, 한국 대통령께서 전화를 해왔습니다. 우리한테 진단키트 5만 개를 보내준다고 하더군요. 그것도 특별기로 여기까지 직접 가져다주겠답니다."

"그게 정말입니까!"

"한국 대통령은 전화를 끊으며 이런 말을 하더군요. 대한민국은 우정을 지킨 국가에는 반드시 보답을 한다고 했습니다. 그랬기에 세계에서 제일 먼저 우리 UAE에 진단키트를 선물해 준 겁니다."

"아이고, 정말 고마운 일입니다."

"얼마나 다행입니까. 아무래도, 한국과 우정을 쌓아온 게 제가 대통령이 된 후 가장 잘한 일 같습니다."

제47장
데드캣바운스

미국의 확진자 숫자가 미친 듯 폭발했다.

대통령의 생각이 바뀌면서 전수조사를 시작한 이후 거침없이 상승하던 확진자 숫자는 기어코 하루에 2만 명을 넘어섰다.

이대로 진행된다면 미국의 바이러스 확진자 수가 세계 1등을 먹는 건 시간문제였다.

웃긴 건 그때부터 미국의 주식시장이 상승했다는 것이다.

과거 사스나 메르스 때의 역사를 되돌아보면 주식시장은 2개월간 30%가 하락한 후 곧장 V자 반등을 하며 대세 상승을 시작했다.

그런 과거의 사실 때문일까.

미국은 물론이고 세계 주식시장이 폭등을 했는데 마치 불기둥을 뿜어대는 것 같았다.

하지만 이병웅은 그런 주식시장의 상승을 바라보며 전혀 미동조차 하지 않았다.

"병웅아, 벌써 엘리어트 파동상 반등이 38.2를 넘었어. 곧 50에 육박할 것 같아."

"알아."

"예전처럼 V자 반등을 한다면 우린 닭 쫓던 개 신세가 돼."

"너희들, 주식시장이 V자 반등을 할 수 있을 거라 생각해?"

"사스 때나 메르스 때는 그랬으니까."

"이번 건은 사스나 메르스와 다르다. 그땐 팬데믹이 아니었지만 지금은 전 세계가 코로나에 휩쓸린 상태지. 너희들, 미국의 주식시장이 떨어진 각도를 생각해 봤어?"

"무슨 말을 하는 건지 충분히 알아. 아는데… 시중에 워낙 많은 돈이 풀리고 있잖아. 과거의 역사를 되돌아봐. 금융위기 당시 4조 달러가 넘는 양적완화가 시행되면서 나스닥이 850%나 상승했다. 지금 상승은 아무래도 그와 비슷하다는 생각이 들어."

홍철욱이나 문현수는 오랜 세월 투자를 해온 사람들이었으니 금융위기 후 주식시장이 어떻게 흘러왔는지 너무나 잘 알고 있었다.

그 당시 주식시장은 경제지표가 안 나오면 연준이 돈을 더 풀 것이라며 상승했고 경제지표가 좋게 나오면 그걸 핑계로 또 상승했다.

돈의 위력.

그 당시 주식시장은 막대한 돈이 풀리면서 오로지 위를 향해 달려갈 뿐이었다.

"병웅아, 지금 상황이 그때와 비슷해. 바이러스로 인한 악재들이 마구 쏟아져 나오는데도 시장이 반응을 하지 않아. 이런 걸 보면 돈의 위력이 시작된 거 아닐까?"

"난 아니라고 봐. 지금의 상승장은 데드캣바운스일 가능성이 커."

데드캣바운스.

죽은 고양이도 공중에서 떨어뜨리면 펄쩍 뛰어오른다는 말이다.

다시 말해, 주가가 과도하게 하락했을 때 그 반작용으로 일정 구간 상승을 한다는 뜻이다.

"데드캣바운스로 보기엔 상승 속도가 너무 가팔라. 이대로 두고 보다가 기회를 놓칠 수 있어."

"이번 바이러스는 전 세계의 서플라이체인을 훼손시켰다. 그러다 보니 양적완화로 버티던 좀비기업들이 휘청대고 있어. 지금 연준에서 하는 행동을 가만히 들여다보면 그들의 의지를 파악할 수 있지. 연준은 이번 기회에 좀비기업들을 정리할 생각인 것 같아."

"무슨 소리야. 투자 부적격 기업들을 전부 제거한단 뜻이냐?"

"연준의장이 발표한 내용에는 투자 적격의 회사채 매입 프로그램만 담겨 있다. 그러다 보니 CCC 채권 값이 무차별적으로 떨어지는 중이야. 이대로라면 꽤 많은 기업들이 넘어지게 될 거다."

"설마… 연준은 어떤 기업도 무너지지 않게 만든다고 공언했잖아."

"너는 아직도 정치인들의 말을 곧이곧대로 믿어?"

"하아, 미국에는 좀비기업의 숫자가 대략 만오천 개 정도 된다. 그런 기업들을 전부 도산시킨다는 게 말이 돼?"

"전부 도산시킨다는 게 아냐."

"그럼?"

"살릴 놈은 살리고 죽일 놈은 죽이겠다는 거겠지. 상황을 봐가면서."

"미치겠네."

"아마, 그건 우리나라도 마찬가지일 거야. 한은에서 하는 행동이 미국과 비슷하다. 아니지, 전 세계 국가의 중앙은행들이 뭔가 짠 것처럼 움직이고 있어."

"가만… 그러고 보니 정말 그렇군. 미국, 유럽, 중국까지 구제

책이 전부 비슷해."

문현수가 뒤늦게 무릎을 치면서 이병웅의 말에 동의를 했다.

지금까지 각국의 중앙은행은 무차별적으로 돈을 풀면서 동시에 기업들이 살아남을 수 있도록 지원책을 발표했는데, 그 가이드라인이 거의 똑같았다.

"그래서, 나는 이번 상승이 데드캣바운스라 보는 것이다. 아직 시장을 흔들 악재들은 터지지도 않았거든."

"기업 부도?"

"그것뿐만이 아니야."

"또 다른 게 있단 뜻이야?"

"서플라이체인이 망가지면서 이머징 국가들의 환율이 폭등하고 있어. 미국 연준에서 여러 나라에 선제적으로 통화스와프를 해줬지만 대부분의 국가들은 그 혜택을 받지 못했다. 터키와 브라질, 아르헨티나 그리고 동남아 국가들 대부분은 지금 달러를 구하지 못해서 난리가 났단 말이지."

"넌 지금 국가부도까지 생각하는 거야?"

"연준이 특정 국가들만 구제해 준 건 그 나라들이 예뻐서가 아니야. 커다란 시장을 가진 놈들을 구해서 금융위기가 발생하지 않도록 한 거다. 결국 지들이 살아남기 위해 선심 쓰는 척 통화스와프를 해준 거야."

"다른 놈들은?"

"연준은 다른 놈들한테까지 손을 내밀지 못해. 이유가 뭔지 알아?"

"뭔데?"

"달러의 급격한 가치 훼손."

이병웅의 대답에 친구 놈들의 표정이 급격하게 굳어졌다.

미친 듯이 찍어내는 달러.

미국 연준은 경제를 살리기 위해 한 달 만에 6조 달러를 푸는 정책을 발표했다.

어마어마한 양이다.

금융위기 당시 2년 반 동안 4조 4천억 달러를 풀었음에도 미친 듯한 버블이 발생했는데 불과 한 달 만에 6조 달러를 풀었으니 그야말로 헬리콥터에서 돈을 뿌리는 것과 마찬가지였다.

결국, 이병웅의 말은 그런 양적완화에 덧붙여 세계 각국에 달러를 뿌려주면 달러의 가치가 훼손되기 때문에 더 이상의 지원을 해주지 않을 거란 뜻이다.

"연준에서 돈을 받지 못하는 놈들은 넘어지겠구나."

"분명히. 지금은 멀리서 다가오는 폭풍과 직면하지 않은 상태다. 이대로 바이러스가 세 달만 더 진행된다면 먼저 기업이 무너지고 곧이어 약한 국가들 순으로 부도가 날 거야."

"으… 무서운 이야기네."

"그래서, 서두르면 안 돼. 우린 끝까지 지켜본다. 미국의 상황

에 따라 세계 금융시장이 고꾸라질 수도 다시 버블장을 만들 수
도 있거든."

"네가 예상하는 시나리오는?"

"미국 대통령은 4월 30일을 사람들이 경제에 복귀하는 데드라
인으로 정해놨어. 너희들은 그게 가능하다고 생각해?"

"아니… 절대 불가능하지. 뭐야, 그 표정. 가능하다는 거야?"

"세상에는 원웨이란 건 없다. 스웨덴은 집단면역법을 시행하며
지금도 경제를 돌리는 중이야. 미국이라고 그렇게 하지 말란 법
이 있어?"

"그건……."

"미국 대통령이 4월 30일을 데드라인으로 정해놓은 건 이유가
있기 때문이야. 그 기간을 넘어 계속 미국 경제가 셧다운 되면
대공황으로 치달을 가능성이 크다고 판단한 거야. 실제로 경제
전문가들은 미국이 9월까지 바이러스에서 벗어나지 못할 시 세
계적 대공황을 예측하고 있어."

"그래서 바이러스에 노출되는 것을 감수하고서라도 경제를 다
시 돌린다?"

"왜 그렇게 쳐다봐. 전혀 가능성이 없다고 생각해?"

"환장하겠네."

이병웅의 반문에 홍철욱이 입을 쩍 벌렸다.

그의 어간에 숨어 있는 의미가 너무나 무섭고 중요했기 때문

이었다.

중국은 아직도 공장을 전부 돌리지 못하고 있었다.

중국 언론에서는 95%의 가동률로 복귀되었다며 주장하고 있지만 알 만한 사람은 전부 그들의 공장가동률이 50%가 안 된다고 짐작하는 중이었다.

인민들을 철저하게 통제하는 공산국가까지 그 모양이라면 현재 바이러스가 폭발하고 있는 미국은 오죽할까.

그런 와중에도 미국 대통령이 경제 복귀를 계속 강조하고 있는 건 대공황이 올지 모른다는 두려움 때문이 분명했다.

결국, 인류의 생명을 담보로 한 중대한 결정이 4월 30일에 결정된다는 뜻이다.

바이러스에 당해서 사망하는 사람들의 숫자는 평균 5%가 안 되는 것으로 나타나고 있었다.

그렇다면 대공황이 왔을 경우는?

"우리가 너무 단순하게 생각한 것 같구나. 휴우… 정말 어려운 일이네."

"그동안 난, 언젠가 반드시 찾아올 대공황에 대비해서 프로젝트를 가동해 왔다. 그럼에도 이렇게 빨리 상황이 급변할 줄은 생각하지 못했어."

"대공황이 온다는 건 금융시스템의 전환도 눈앞으로 다가왔다는 뜻이겠지?"

"벌써 뉴스에서는 식량 전쟁을 우려하는 중이야. 식량을 수출하던 국가들이 수출을 올 스톱 시켰어. 그들도 현재의 상황이 만만치 않다는 걸 짐작한 거다."

"휴우, 세상 참 무섭게 돌아가네. 결국 어떤 수를 쓰든 살아남고 보자는 거잖아."

"대공황이 찾아오면 미리 준비하지 못한 국가는 전부 쓰러진다. 그때가 되면 화폐는 쓰레기가 될 것이고 인플레이션은 끝을 모르게 치솟아. 베네수엘라처럼."

"우리나라는? 이렇게 열심히 준비했는데도 마찬가질까?"

"에너지와 식량은 대공황에서 가장 중요한 무기다. 그래서 열심히 준비했지만 결국 우리나라도 그렇게 될 수밖에 없어. 왜냐하면 세계는 이미 복잡한 미로처럼 엉켜 있는 운명 공동체거든. 그나마 다행인 것은 미리 준비했기 때문에 다른 나라에 비해 그 고통의 강도가 상당히 작다는 것뿐이지."

당연한 말이다.

현대사회는 한 국가만 멀쩡하게 살아남을 수 없는 구조가 된지 오래다.

서플라이체인이 촘촘하게 얽혀 있어 다른 국가들이 죽으면 자연스럽게 따라 죽을 수밖에 없다.

그럼에도 이런 상황을 대비해 온 이병웅의 행동은 대한민국 국민들의 목숨을 구해주기 충분했다.

식량이 자급자족될 수 있도록 철저하게 준비해 왔으니 최악의 상황이 와도 가족들이 베네수엘라처럼 쓰레기를 뒤지는 일은 없을 것이다.

"사람들은 사는 게 힘들어지면 극단적인 선택을 하게 돼. 간절히 그렇게 되지 않기를 바라지만 최악의 상황이 오면 인류는 또다시 전쟁의 공포에 시달리게 될지도 몰라."

갈수록 태산이란 말은 이럴 때 쓴다.

한국과 북한, 미국과 중국, 한국과 일본, 이스라엘과 중동 국가, 인도와 파키스탄 등.

이념이 다르고 구원이 가득한 국가들은 세상천지 도처에 깔려 있으니 만약 진짜 대공황이 와서 먹고살기가 어려워진다면 어떤 일도 벌어질 수 있다.

인간은.

탐욕과 분노로 가득 찬 존재이니까.

"그럼 이제 우린 어떻게 해야 돼. 그냥 지켜만 봐?"

"응."

"네 말대로라면 우리가 지닌 화폐는 아무짝에도 쓸모없는 쓰레기가 될 텐데 뭐라도 해야 되잖아?"

"전략은 두 가지다. 시나리오도 두 개니까."

"두 가지?"

"첫 번째 시나리오는 지금의 바이러스 사태가 운 좋게 멈추고 막대하게 풀린 화폐로 버블장이 만들어지는 경우다. 그땐 우리도 시장에 가담해서 미국과 중국, 유럽을 털어먹는다. 그런 후 버블이 터지기 전 전부 정리해서 버블이 터지며 발생하는 일시적 디플레이션 때 세계 각국의 부동산을 쓸어 담는 거지."

"두 번째는?"

"바이러스로 인해 셧다운이 되면서 대공황이 곧장 오는 경우겠지. 만약 이런 시나리오가 현실화된다면 향후 몇 개월 이내에 주식은 끝 모를 폭락을 거듭할 것이고 실물시장은 전부 박살 날 거야. 우린 그때 미국과 중국, 유럽의 부동산을 매입하면 돼."

"결국은 부동산으로 귀결되는구나."

"새로운 금융시스템이 작동하면 세계에 지천으로 깔린 부채는 강제적으로 리셋 되어야 하니까 화폐를 가지고 있으면 바보가 되잖아. 그래서 지금까지 금과 은을 매집해 왔던 거고."

너무나도 익숙한 이론.

그동안 수도 없이 토론하고 의견을 나누었던 것들이었으나 막상 그런 시기가 눈앞으로 다가오자 긴장감이 스멀스멀 피어올랐다.

새로운 세계로의 진입.

금융시스템이 리셋 된다는 건 인류에게 새로운 세상이 열린다는 걸 의미한다.

제우스는 그동안 금융시장에서 벌어들인 돈으로 세계 각국의 노른자 빌딩들을 구입해 왔지만 앞으로 벌어질 판은 그 정도와는 비교조차 되지 않을 것이다.

화폐는 죽어도 실물은 산다.

그리고 그 실물의 대표적인 존재가 바로 금과 은이며, 가치를 보존할 수 있는 부동산이었다.

"일단 기다려야겠군."

"한 편의 영화를 보는 것처럼 지켜보면서, 우린 우리가 해야 할 일들을 해나간다. 어차피, 인류의 운명은 탐욕으로 인해 결정되어 있었지. 불행하게도 우린 그 탐욕의 끝에 서 있을 뿐이었다. 그러니, 누군가가 치밀하게 계획한 이 지옥 속에서 살아남는 게 무엇보다 중요해. 강한 자가 살아남는 게 아니라 살아남은 자가 강한 자니까."

*   *   *

미국의 주식시장 반등이 기어코 하락폭의 50%를 회복했다.

피보나치수열로 봤을 때 반등의 구조는 38.2, 50, 61.8로 구분되는데, 반등이 61.8을 통과해서 더 상승하게 되면 데드캣바운스가 아니라 본격적인 상승으로 봐도 된다.

이제 다우지수 기준으로 남은 포인트는 61.8을 기준으로 했을 때 2,500P.

불과 6%만 상승한다면 미국시장은 막대하게 풀린 유동성을 배경으로 본격적인 상승장을 만들지도 모른다.

"병웅 씨, 수인 씨는 잘 있어?"

"그럼요. 태교 운동 한다고 아침부터 난리가 아니에요. 중간중간 머리 아픈 클래식 음악 틀어놓고 수시로 낮잠을 자는 바람에 멀뚱하게 앉아 있다 온다니까요."

"혼자 있기 힘들 텐데 처가에 가서 당분간 있지 그래?"

"아뇨, 이럴 때 나도 자유를 느껴봐야죠. 예전에 혼자 살 때처럼 요즘 신난답니다. 혼자서 보고 싶은 영화도 실컷 보고 인터넷 서핑을 하다 보면 하루가 어떻게 가는지 몰라요."

"거짓말, 병웅 씨는 절대 시간을 한가하게 보내는 사람이 아니야. 홍, 인터넷 서핑이 아니라 최신 자료 분석하느라 정신없었을 테지."

"티 납니까?"

"타고난 거야. 병웅 씨는 절대 그냥 놀지 못하는 운명이야."

"악담이시네요."

이병웅이 피식 웃었다.

정설아의 말이 맞았기 때문이었다.

최근 들어 이병웅은 향후에 벌어질 일들에 대한 준비를 하느라 눈코 뜰 새 없이 바쁜 시간들을 보내고 있었다.

그가 생각하고 있는 두 가지 시나리오.

그 어떤 것으로 진행되든 결과는 정해져 있고 그 결과가 지옥에 버금갈 정도로 지독하다는 걸 알고 있으니 철저한 준비가 필요했다.

언제부턴가.

세계 최고의 부자가 되겠다는 목표가 이뤄진 이후 그에게는 새로운 목표가 생겼다.

인류를 지옥 속으로 밀어 넣은 채 웃고 있을 어둠의 세력으로부터 대한민국을 온전하게 지켜내는 것이 바로 그의 새로운 목표였다.

세상의 움직임은 각종 경제지표가 선행적으로 알려준다.

장단기 금리차, 달러인덱스, 회사 채권 금리, 금과 은의 가격 등 매일 체크해야 할 자료들이 많다.

현재 주가가 반등에 성공했지만 연준으로 인해 강제적으로 눌러져 있던 경제지표들이 또다시 악성으로 꿈틀거리는 중이었다.

"이제 얼마 안 남았네. 병웅 씨의 시나리오가 결정되는 순간이."

"그렇죠. 아무리 늦어도 세 달 이내에는 결판이 날 겁니다."

"병웅 씨는 너무 신중해. 내가 봤을 땐 한 달이면 충분한 것 같은데?"

"그럴까요?"

"미국의 주식시장이 50%를 통과해서 61.8을 향해 움직이고 있어. 꼭 주가의 흐름이 아니라도 마찬가지야. 4월 30일이 되면 어느 정도 윤곽이 드러나지 않을까?"

"음… 그럴 수도 있겠죠."

"아직도 병웅 씨는 지금의 장이 데드캣바운스가 맞다고 생각해?"

"뭐, 여러 가지 정황상 그렇게 생각합니다."

"61.8을 통과하면 어쩔거야?"

"그래도 기다려야죠. 세상에는 수많은 속임수가 존재하고 어둠의 세력들의 속임수는 그 누구도 알 수 없으니까요."

"휴우, 난 병웅 씨로부터 그 어둠의 세력 이야기를 들을 때마다 공상소설 줄거리를 듣는 것 같아. 요즘 세상이 어떤 세상인데 소수의 세력들한테 세계가 놀아나겠어?"

"믿지 않아도 됩니다. 그리고 그들의 정체를 우리는 죽을 때까지 알 수 없을지 몰라요. 어차피, 어둠의 세력들은 세상에 모습을 드러내지 않을 테니까요. 다만, 암중에서 세계를 지배하며 자신들의 뜻대로 세상을 바꿔 나가겠죠. 영원히 지배자의 위치에 설 수 있는 시스템으로."

"좋아, 그렇다고 쳐. 그래, 병웅 씨가 아직도 기다려야 되는 정황들은 뭐야?"

"가장 중요한 건 코로나바이러스라고 여러 번 말했잖아요."

"그놈의 코로나바이러스!"

"바이러스가 끝나지 않으면 아무것도 끝나지 않는 겁니다. 만능의 열쇠. 나는 바이러스가 천국과 지옥의 문을 여는 만능의 열쇠라고 보거든요."

"답답해. 아주 답답해서 미칠 것 같아. 그게 끝나지 않으니까 아무것도 할 수가 없잖아."

"심심하면 일거리 줄까요?"

정설아가 답답한 듯 커피를 냉수처럼 들이켜는 걸 보며 이병웅이 빙그레 웃었다.

그러자 커피를 마시던 정설아가 두 손을 마구 흔들어댔다.

"아니, 주지 마. 말이 그렇다는 거지 뭘 그렇게 정색을 해. 내가 얼마나 바쁜 사람인데 또 일거리를 준단 말이야!"

"하하… 그래도 어쩔 수 없습니다. 우리에겐 별로 시간이 없거든요."

"무슨 시간?"

"대공황을 맞이할 시간."

"으……."

"7일 후에 그룹사의 회장단을 소집해 주세요. 회의 참석 인원은 누나와 철욱이, 현수까지 전부 일곱 명입니다. 내가 미리 회장들한테는 회의 자료들을 만들라고 지시해 놨으니 누나는 장소와 시간만 준비하시면 됩니다."

"어쩐지 갑자기 밥을 먹자고 그러더라. 아침부터 예감이 안 좋았어."

"앞으로는 꽤 바빠질 겁니다."

"내가 바쁘겠어? 그룹사 사장들이 바쁘겠지."

"아뇨, 누나가 제일 바쁠 거예요."

"왜?"

"그분들이 하는 일에 막대한 자금 집행이 필요해서 그 일을 누나가 맡아줘야 되거든요."

"제우스는 어쩌고?"

"철욱이와 현수에게 넘기세요."

"투자 쪽은 넘기고 난 총괄 지원만 맡으라고?"

"바쁘시다고 해서. 조금 편하게 해주는 건데. 왜, 싫으세요?"

"쳇!"

정설아의 얼굴이 샐쭉하게 변했지만 싫은 표정은 아니었다.

세 개 그룹에 대한 총괄 지원 업무를 맡아달라는 건 이병웅이 누구보다 그녀를 믿는다는 뜻이었다.

그녀도 이제 서서히 다가오는 대공황의 존재가 점점 뚜렷해진다는 걸 느끼고 있었다.

막고 싶다 해서 막을 수 없는 운명.

어차피 정해진 운명이라면 최선의 준비가 필요했고 그 주역으로 이병웅은 자신을 선택한 것이다.

*   *   *

그랜드커머션호텔.

그곳에 대한민국의 경제 실세들이 몰려 들기 시작한 건 오후 3시 무렵이었다.

한 명만 떠도 세상이 들썩일 정도로 엄청난 파워를 지닌 사람들이 거의 비슷한 시간에 3명이나 뜨자 호텔 측은 특급 비상이 걸렸다.

그들의 정체가 이지스와 갤럭시, 농군그룹의 회장들이었기 때문이었다.

완벽한 보안이 쳐졌고 호텔 회의장 주변은 건장한 사내들이 철통처럼 에워쌌다.

하지만 그것도 잠시.

이병웅이 정설아와 함께 호텔로 들어오자 회장들이 떴다는 소식을 듣고 달려온 경제 기자들이 황당한 표정을 숨기지 못했다.

그룹 회장들이 동시에 뜬 것만 해도 기적 같은 일인데 세계 최고의 슈퍼스타와 거대 투자 집단 제우스를 이끌고 있는 정설아까지 등장하자 기자들은 난리 법석을 떨어댔다.

연신 터지는 카메라의 플래시.

보안 요원들에 의해 제어가 됐음에도 그들은 이병웅과 정설아를 부르며 잠깐만 시간을 내달라고 사정을 했다.

전부 허무한 몸부림이다.

어차피 그들은 죽어라 취재를 하고 사진을 찍어도 기사 한 줄 내보내지 못한다.

가수로서 공식적인 행사라면 모를까, 비밀회의를 위해 온 이상 이병웅의 호텔 출입은 제우스와 휘하 그룹사의 거대한 영향력에 묻혀 세상에서 사라질 것이다.

이병웅이 들어서자 먼저 와서 대기하고 있던 그룹사 회장들과 홍철욱, 문현수가 자리에서 일어나 정중하게 인사를 했다.

비록 친구 사이였으나 홍철욱과 문현수는 회장들 못지않게 정중한 자세로 인사를 했는데, 공과 사를 확실히 구분하는 태도였다.

"조금 늦었습니다. 다들 앉으시죠."

이병웅이 먼저 상석에 앉으며 손짓을 하자 정설아를 비롯한 회장들이 정해진 자리에 앉았다.

"오늘 긴급회의를 소집한 것은 미리 말씀드린 대로 최악의 상황을 대비하기 위함입니다. 우리는 그동안 그런 상황이 올 거라 예상하며 준비해 왔지만 생각보다 훨씬 빠르게 세상이 흔들리고 있습니다. 따라서 각 그룹의 준비 사항을 점검하고 미비한 부분에 대해서 보완해 나가고자 합니다. 먼저, 윤명호 회장님부터 보고해 주십시오."

"예, 회장님. 저희 이지스그룹은……"

각 그룹마다 30분에 달하는 내용들이 발표되었다.

이병웅이 회장들한테 미리 지시한 내용들로 대공황이 왔을 때 그룹별 대처 방안과 금융시스템이 리셋 될 경우의 미래 전략에 관한 것들이었다.

방대한 양.

그룹사마다 준비한 내용들은 입이 떡 벌어진 만큼 엄청난 내용들이 총망라되어 있었는데, 취약계층 지원 방안부터 4차 산업 진입에 맞춘 신제품 발표까지 전부 포함되어 있었다.

특히, 갤럭시의 보고 내용이 충격적이었다.

갤럭시는 대공황 이후 대한민국이 4차 산업의 선도 국가로 확실하게 자리매김할 수 있도록 신제품을 개발 중이었고, 그중에는 스카이 카와 공간 도로 프로젝트, 가상현실 캡슐, 인체 매입 통화 시스템, 초양자컴퓨터 등이 개발 완료를 목전에 두고 있었다.

또한, 갤럭시는 꿈의 신무기라 불리는 레이저 미사일 '천궁'을 개발해서 다음 달에 실전 배치 예정이었다.

'천궁'이 실전 배치 되면 한반도로 날아오는 어떤 미사일도 저격 가능하기에 철통같은 방어막을 구축하게 된다.

농군그룹의 전략은 단순하면서도 가장 중요한 것이었다.

대공황 발생을 대비해서 그동안 농군 쪽에서는 유통기간이 무제한인 통조림과 건조 비상식량을 개발해 왔는데, 대한민국 국민들에게 지속적으로 공급할 수 있는 시스템 구축이 목표였다.

4년이 지난 지금.

매년 50조씩 투자되어 생산기지를 확충한 농군그룹의 매출 능력은 식량자급률 100%를 상회했고, 잉여 식량과 육류, 생선들은 가공되어 캔과 밀봉 포장지에 담겨 비상시를 대비해 차곡차곡 거대한 창고에 저장되는 중이었다.

그룹사별 보고가 전부 끝난 후 2시간 동안 이병웅의 주도로 세부적인 대책들이 추가되었다.

만약의 사태가 닥쳤을 경우 대국민 지원에 관한 것들이 대부분이었는데 최악의 상황이 발생했을 때 무상으로 음식과 생필품 지원까지 논의되었다.

회장들의 반대가 있었지만 결국 모든 결과는 이병웅의 주장대로 흘러갔다.

회장들은 그룹사의 경영 상태가 악화되는 것을 우려했으나 이병웅은 그런 것들은 안중에 두지 않았다.

오직 그의 머릿속에 담긴 건 무슨 수를 쓰든 대한민국이 온전하게 살아남는 것뿐이었다.

"대공황이 발생하면 우리 그룹들의 매출액도 급감하게 될 겁니다. 만약 시나리오 1로 진행된다면 우린 3년에서 길게는 5년의 시간을 벌 수 있습니다. 따라서 그 시간 동안 회장님들은 준비한 계획들이 완벽하게 마무리될 수 있도록 조치해 주시기 바랍니다."

"마스터, 시나리오 2로 진행되면 어쩌실 생각입니까. 우린 그동안 마스터의 지시에 따라 충분한 유보금을 준비해 놨지만 대공황에 직면하면 어쩔 수 없이 구조조정을 할 수밖에 없습니다."

"구조조정은 없습니다. 우리가 구조조정을 하게 되면 대한민국 전체가 구조조정의 칼날에 놓이게 됩니다. 그런 슬픔을 당하지 않기 위해 대통령과 저는 이날을 준비해 왔습니다. 여러 번 말씀드린 것처럼 우린 끝까지 버티며 온전하게 대한민국을 지탱시킬 생각입니다."

"힘든 싸움이 되지 않겠습니까? 자칫 잘못하면 전부가 공멸할 수도 있습니다."

"압니다. 하지만 대한민국이 죽고 우리 그룹만 살아남을 수 없습니다. 우리와 대한민국은 한 몸이라고 생각하십시오. 죽어도 같이 죽고 살아도 같이 살아야 됩니다."

"휴우……."

이병웅이 칼같이 말을 끊어버리자 회장들의 얼굴이 어둡게 변했다.

아무리 세상을 지배하는 기업들이라 해도 아무런 대가 없이 국민들을 위해 물 퍼주듯이 돈을 써대면 버텨낼 재간이 없다.

더군다나 대공황이 닥친다면 매출액 급감은 뻔한 일이었으니 구조조정 없이 버틴다는 건 힘겨운 일이 될 것이다.

그럼에도 이병웅의 얼굴은 평온했다.

"너무 걱정하지 마십시오. 정부는 이날을 대비해서 전 세계가 금리를 제로로 만들었음에도 끝까지 버텼습니다. 양적완화도 하지 않았고 다른 나라와 달리 주가도 흔들리지 않았습니다. 바이러스가 확산되는 와중에도 국민들은 정부를 믿고 의연하게 대처하는 거 보셨잖습니까. 정부와 우리가 흔들리지 않으면 국민들도 흔들리지 않을 겁니다. 우리 대한민국 국민들은 고난과 역경을 극복하는 힘이 누구보다 강한 민족이거든요. 그러니 회장님들께서는 맡은 바 임무에만 최선을 다해주시기 바랍니다."

*   *   *

"좋군, 연준이 말을 잘 듣고 있어."

"시나리오대로 진행되는 중입니다. 시장은 천문학적인 자금이 계속 풀리면서 강하게 반등을 하고 있습니다."

"어리석은 놈들이지. 돈이 풀린다고 해서 그 돈이 지들 것이 된다고 착각하는 게 대중들의 한계야."

"언제부터 다시 흔들면 되겠습니까?"

"당분간 즐기라고 해. 러시아와 사우디는 어떤가?"

"여전히 고집을 꺾지 않고 있습니다. 미국이 원유 생산을 감축하지 않는다면 결코 물러서지 않을 것 같습니다. 제 생각에는 결국 대통령이 결단을 할 수밖에 없을 겁니다."

다이몬 회장의 보고에 마스터가 이상한 웃음을 흘렸다.

의례적인 질문.

상황을 몰라서 한 질문이 아니라는 뜻이다.

최근 들어 시장이 급반등을 한 이유는 연준의 미친 듯한 돈 풀기와 더불어 폭락했던 원유값이 제자리로 돌아갈 것이란 믿음 때문이었다.

투자자들은 미국의 대통령이 어떤 수를 써서든 러시아와 사우디를 협박해서 감산할 것이라 믿었는데 실제로 최근의 움직임은 변화가 보이고 있었다.

OPEC의 맹주인 사우디가 회의를 소집해서 감산에 대한 논의를 하겠다고 발표했던 것이다.

왜?

그거야 당연한 거 아니겠나.

이익을 위해 고집을 부리고 있지만 사우디는 미국의 손아귀를 벗어날 수 없으니 미국 대통령의 협박을 모른 체할 수 없다.

중동의 전운은 항상 존재해 왔고 사우디의 생명을 지켜준 건 언제나 미국이었다.

"러시아는 독일과 연결되는 천연가스관을 간절히 원하고 있어. 사우디는 미군이 다시 주둔해 주길 원하고. 그런 상황이라면 해법은 간단해. 결국 미국은 원유 감산을 하지 못할 테니 대통령은 그들의 요구 사항을 들어줄 수밖에 없겠지."

"그렇습니다."

"크크크… 잘들 놀아보라고 그래. 어차피 그런 건 부수적인 사항밖에 되지 않으니까. 대세에는 아무런 상관 없는 일들이야."

"원유가 제자리를 찾으면 경제의 상당 부분 리스크가 해결되지 않겠습니까?"

"무슨 수로?"

"원유는 경제의 엔진과 같은 것입니다. 유가가 원래대로 회복되면 휘청이던 셰일가스 업체들이 살아날 것이고 CCC 채권도 안정을 찾아가겠죠."

"정말 그렇게 생각하나?"

"물론 실물경제가 회복된다는 전제가 따라야 하지만 첫 번째 단추는 낄 수 있을 겁니다."

"절대 그렇게 되지 않는다. 바이러스로 인해 세계의 서플라이 체인은 망가졌고 미국과 유럽은 아직도 신음 속에 잠겨 있어. 최소 세 달은 지나야 경제활동이 가능할 테니 원유 감산이 합의된다 해도 유가는 회복되지 않아. 그자들을 살리려면 연준이 나서는 수밖에 없어."

"마스터는 바이러스가 쉽게 잡히지 않을 거라 확신하는군요."

"바이러스는… 누구보다 내가 잘 아니까."

다이몬 회장의 물음에 마스터가 대답을 한 후 잔기침을 했다.

경제계에서 세계 최고를 다투는 다이몬 회장의 얼굴이 슬쩍 굳어졌다.

그의 잔기침에서 뭔가 모를 음모의 냄새를 맡았기 때문이었다.

마스터의 말투에서 차가움이 묻어 나온 건 다이몬 회장의 표정을 본 후였다.

"원유가 해결되면 그때부터 움직이도록."

"마스터, 민주당 쪽에서는 아직도 반대 기류가 너무 강합니다. 과연 그들이 우리가 원하는 바를 들어줄지 모르겠습니다."

"듣게 만들어야지. 그래서 폭락이 필요한 거 아니겠나. 그들에게 명분을 줘야 하니까."

"웬만한 폭락 정도로는 그들을 움직일 수 없을 겁니다."

"그렇지 않아. 선거가 11월이야. 슈퍼 401의 모든 자금이 주식시장에 들어와 있으니 그들로서도 어쩔 수 없다. 슈퍼 401은 국민들의 연금이기 때문에 주식시장이 폭락할수록 민주당의 지지율은 급격하게 하락하겠지. 그들은 어쩌면 우리가 예상한 것보다 훨씬 빨리 항복하게 될 거야."

"듣고 보니 그럴 수도 있겠습니다."

"그건 준비는 끝났나?"

"은 말입니까?"

"어떻게 됐어?"

가면을 쓴 마스터의 자세가 앞으로 당겨졌다.

이번에 거론한 주제가 그 어떤 것보다 중요하다는 뜻이다.

그랬기에 다이몬 회장은 마른침을 삼킨 후 신중하게 입을 열었다.

"8억 온스를 확보했습니다. 원래는 10억 온스가 목표였으나 한국에서 중간에 끼어드는 바람에 목표량을 채우지 못했습니다. 죄송합니다."

"최근에 선물시장 은값을 그렇게 하락시켰는데도 물량을 구하지 못했다?"

"시장에 나온 물건은 전부 사들였습니다. 이제 시장에서는 은을 구하기 쉽지 않은 상태입니다."

다이몬 회장이 곤혹스러운 표정을 숨기지 못했다.

실제로 그렇다.

온스당 17달러였던 선물시장 가격을 12달러까지 폭락시키며 현물을 매집하려 노력했으나 은은 그 어떤 시장에서도 찾아보기 힘들었다.

"어쩔 수 없군. 목표량을 채우지 못했지만 그 정도면 충분해.

한국에 넘어간 물량은 얼마나 되나?"

"저희는 3억 온스 정도로 추측하고 있습니다."

"한국에 비상한 머리를 가진 놈이 있는 게로군. 아직도 제우스란 놈들의 뒤에 있는 자가 누군지 확인하지 못했나?"

"죄송합니다. 백방으로 파악하기 위해 노력했으나 모든 경로가 완벽하게 차단되어 확인할 수 없었습니다."

다이몬 회장이 고개를 숙이자 마스터의 시선이 창밖으로 향했다.

재밌는 일이다.

자신들을 흉내 내는 놈이 세상에 또 존재한다는 것이 묘한 흥미를 일으켰다.

"우리 정보로도 파악하지 못한다는 건 그만큼 철저하게 준비하고 있었다는 뜻이야. 한국은 참 재수가 좋은 놈들이구나."

"한국은 최악의 상황에 대비해서 원유와 식량을 미리 준비한 상태입니다. 마스터께서 말씀하신 것처럼 아무래도 우리 계획을 어느 정도 짐작하고 있는 게 분명합니다."

"그렇겠지. 그렇지 않았다면 그런 준비를 하지 않았을 테지."

"어쩔까요? 총력을 기울이면 한국을 무너뜨릴 수 있습니다."

"그럴 필요 없어. 한국에는 제우스란 놈들이 있다. 그리고 4차 산업 쪽의 강자가 되어버린 갤럭시가 있지. 한국 정부의 재정은 세계 제일이야. 오죽하면 이런 상황에서도 금리를 4%나 유지하겠나. 그런 놈들을 상대로 전쟁을 하게 되면 무리가 따른다. 그저 운이 좋은 놈들이라고 넘기는 게 좋아. 어차피 그놈들은 벗어날 수 없어. 튼튼한 배를 가졌다 해도 무자비한 폭풍을 견뎌내긴 힘들 테니까."

"알겠습니다."

"자, 그럼 가서 2차 시나리오를 준비하도록. 이번엔 진짜 공포가 뭔지 보여줘 봐."

"예, 마스터."

*   *   *

박종훈은 고기를 집어 먹은 후 친구인 박민규를 향해 다가갔다.

영혼의 친구라는 말 들어봤는가.

그에게는 박민규가 그런 놈이었다.

대학 신입생 때 만나 56살이 된 지금까지 사귀고 있으니 햇수로 벌써 40년이 다 돼간다.

오늘은 오랜만에 만난 대학 동기 모임이었는데 박민규가 꼭 할 말이 있다며 나오라고 성화를 부렸다.

바이러스가 창궐하고 있는 지금.

정부에서는 가급적 모임을 자제하라고 했으니 모임에 참여했지만 마음이 께름칙했다.

막상 모임 장소에 나오자 익숙한 얼굴들이 보였다.

반가웠다.

바이러스가 창궐하기 전인 작년 12월에 만났으니 3개월이 훌쩍 지났기에 막상 친구들을 보자 웃음이 절로 나왔다.

그럼에도 바이러스 때문인지 나온 사람은 아홉 명밖에 되지 않았다.

웃고 떠들며 고기와 술을 마시다가 자신에게 시선을 주는 박민규가 눈으로 들어왔다.

놈은 맨 끝에 앉아 술을 마시고 있었는데 도착한 이후 자리가 멀었고 주변에 있는 놈들이 자꾸 말을 걸어오는 바람에 한동안 움직이지 못했다.

천천히 자리에서 일어나 놈에게 다가가자 기다렸다는 듯 박민규가 엉덩이를 밀어 자리를 만들어줬다.

"어서 와."

"받아, 늦게 왔으니 곱빼기로 따라줄게."

"반만 따라. 나이가 들어서 그런가 술을 많이 마시면 아침에 일어나기 힘들어."

"지랄, 이 자식아. 우린 아직도 새파란 청춘이야. 뭔 엄살을 그리 떨어!"

"청춘, 좋지."

박종훈이 잔에 가득 술을 따르자 박민규가 기분 좋게 웃었다.

청춘.

듣기만 해도 설레는 단어다.

예전의 그들은 아름다운 꽃과 싱싱한 나무에 버금갈 정도로 화려했던 청춘을 지니고 있었다.

하지만 지금은 퇴직을 앞에 둔 나이가 되어 하루가 다르게 시 들어가는 중이다.

"그래, 무슨 할 이야기가 있어서 꼭 오라고 했냐. 너 바람피워 서 마누라한테 들켰어?"

"이 자식아, 나 여자 끊은 지 오래야."

"중이 고기를 끊었다는 말과 똑같네. 그럼 뭔데, 심각한 거 야?"

"종훈아, 잘 들어. 그리고 내 말이 상식적으로 이해가 되면 내 가 시키는 대로 해."

"호오, 나한테 부탁할 거 있어? 돈 필요해?"

"장난하지 말고!"

"알았다. 이야기해 봐."

"나하고 친한 형이 있어. S대 경제학과를 나온 사람인데 그 형 이……."

박민규가 이야기를 시작한 후 박종훈은 넋을 놓고 그의 말에 귀를 기울였다.

너무나 황당하면서 무서운 이야기였기 때문이었다.

이야기의 시작은 화폐의 역사와 닷컴버블, 금융위기로 이어졌다.

처음 듣는 이야기.

신기한 화폐 역사는 처음부터 이야기에 빠져들 정도로 흥미로웠다.

금은본위제로 이어지던 화폐가 1973년 베트남전쟁으로 재정이 황폐해진 미국이 석유를 기반으로 현재의 신용화폐 체제를 만들었다는 것.

옛날 달러에는 '금 1온스가 25달러'라는 직인이 찍혀 있었는데 지금 달러에는 '우리는 신을 믿는다'란 말이 적혀 있다고 한다.

어디에 그런 단어가 적혀 있지?

달러가 있으면 확인하고 싶었는데 박민규는 그럴 줄 알았다는 듯 달러를 꺼내 확인시켜 주었다.

그의 말대로 달러 지폐에는 'IN GO WE TRUST'란 단어가 적혀 있었다.

박민규의 말에 정신없이 빠져들기 시작한 것은 그다음부터였다.

2008년까지 미국에서 찍어낸 달러의 총합이 9천억 달러였는데 금융위기가 찾아오면서 2년 반 동안 4조 4천억 달러를 찍어냈다는 것이었다.

"예전엔 소주가 300원 하던 게 지금은 3,000원이 되었어. 이게 소주값이 오른 거냐, 아니면 화폐의 가치가 떨어진 거냐?"

"엥?"

"이해한다. 너같이 경제를 전혀 모르는 놈들은 아무런 생각 없이 살거든."

"넌 잘 알고?"

"지금 이런 이야기를 한다는 자체가 너보다는 훨씬 많은 걸 안다는 거지."

"좋아, 인정. 그래서?"

"아까 말한 것처럼 세상은 엄청난 돈의 홍수에 빠져들었어. 그런데 현재를 봐라. 바이러스가 미국을 덮치자 뉴스에 나온 것처럼 연준에서 한 달간 6조 달러를 풀었다. 이제 감이 잡혀?"

"어이구!"

세상을 아무런 생각 없이 살았다.

그저 이제 퇴직이 얼마 남지 않은 직장에서 마무리를 잘하고 앞으로 다가올 제2의 인생을 설계하며 평온하게 삶을 즐기고 싶을 뿐이었다.

그런데……

100년 동안 9천억 달러, 2년 반 동안 4조 4천억 달러, 한 달 만에 6조 달러.

이제야 친구 놈이 왜 소주값 타령을 했는지 조금은 알 것 같았다.

"문제는 미국에서 계속 돈을 뿌린다는 거다. 한 달 만에 6조 달러를 푼 게 전부가 아니란 거지."

"그럼?"

"바이러스가 경제에 입힌 상처는 엄청나게 커. 따라서 연준은 앞으로도 어마어마한 양의 돈을 풀 수밖에 없을 거야."

"얼마나?"

"그건 모르지. 다만 한 가지, 그렇게 돈이 풀리게 되면 확실해지는 게 있지."

"화폐의 가치가 떨어질 거다?"

"이제 알아듣는군."

"이 자식아, 학교 다닐 때 내가 너보다 학점이 더 좋았어!"

"멍청한 놈. 머리에 든 지식과 학점이 같다면 왜 내 연봉이 너보다 높냐?"

"으… 내 치명적인 약점을 건드리다니, 죽고 잡냐. 오랜만에 팔 한번 비틀어줄까?"

"시끄럽고, 이야기에 집중해."

"흠, 그래서?"

"화폐의 가치가 극단적으로 떨어진 나라가 있어. 뉴스에도 자주 나왔던 나란데 어딘 줄 알아?"

"베네수엘라?"

"그래, 베네수엘라. 걔들은 돈으로 가방을 접어서 팔더군. 봤지?"

"뉴스에서 봤다."

"난 그게 어디 꿈속에서나 나올 법한 이야기로 생각했는데 현실에서 나타나는 걸 보고 깜짝 놀랐어. 넌 안 그래?"

"나도 놀랐다. 통닭 한 마리 살 때 산처럼 돈을 주더구만."

"종훈아, 만약 우리한테 그런 일이 닥치면 어떤 일이 벌어질까?"

"우리나라에? 미친놈아, 설마 우리나라에 그런 일이 벌어지겠어. 거긴 못사는 동네니까 그런 거지!"

"지금 세계가 미친놈들처럼 동시에 돈을 찍어내는데도?"

"하아……."

그것만은 아닐 거라고 반박하고 싶었다.

설마, 우리나라가 베네수엘라처럼 되겠어?

하지만 반박할 말이 머릿속에 떠오르지 않았다.

베네수엘라가 그렇게 되고 싶어서 하이퍼인플레이션을 얻어맞고 있겠나.

그건 모두 정부에서 무차별적으로 국민들을 향해 돈을 살포한 결과였다.

지금, 전 세계 국가가 바이러스 때문에 돈을 살포하는 것처럼.

"야, 너무 협박하지 마. 소름 끼쳐, 이 자식아!"

박종훈이 소리를 버럭 지르자 친구 놈들이 무슨 일이냐는 듯 시선을 보내왔다.

두 사람이 멀뚱한 표정을 지으며 아무것도 아니라는 시늉을 보낸 건 지금의 이야기를 친구들이 듣게 된다면 자신들을 병신 취급 할 것이기 때문이었다.

왜 그러냐고?

사람은 오래 살다 보면 이런 경험들을 한두 번씩 해보게 된다.

전혀 믿을 수 없는 이야기를 할 때 사람들에게 정신이 조금 모자란 놈 취급을 받는다는 건 방송이나 친구들 사이에서 수도 없이 봐온 일이었다.

소리를 질렀던 박종훈이 미안하다는 표정을 지으며 슬그머니 다시 입을 연 건 친구들의 시선이 떨어졌을 때였다.

"미안, 민규야. 그래서 네가 하고 싶은 말이 뭐냐?"

"저번에 네가 미국 주식 산다고 했을 때 내가 절대 하면 안 된다고 했던 거 기억 나?"

"당연하지. 너하고 통화했던 거 마누라가 아는 바람에 맞아 죽을 뻔했어. 주식해서 털어먹은 적이 많아서 주식 얘기만 나와도 펄쩍 뛰거든. 그래도, 지금은 해야 되는 거 아냐?"

"왜 해야 된다고 생각해?"

"너무 많이 떨어졌잖아. 금융 애널리스트들은 지금이 100년 만에 한 번 오는 기회래. 네 말대로 전 세계가 돈을 푸니까 주식이 폭등한다는 거야."

"휴우, 미국 주식이 상승 많이 했지. 하지만 그건 바운스일 가능성이 커."

"그게 뭔데?"

"멍청한 놈. 그런 것도 모르는 놈이 주식 하려고 했어?"

"이게 또 긁네. 죽으려고."

"기술적반등이라는 거야. 주식이 많이 떨어지면 의례적으로 나오는 상승."

"야, 무슨 기술적반등이 이렇게 강해. 곧 있으면 전 고점을 뚫을 기세잖아."

"하여간, 그건 모르겠고. 내가 얘기하려던 건 그게 아니었어."

"응? 다른 게 있어?"

박종훈이 눈을 동그랗게 뜨고 묻자 박민규가 조금 가까이 다가와 자그맣게 입을 열었다.

마치, 남이 들으면 안 되는 이야기를 하는 것처럼.

"종훈아, 화폐의 가치가 떨어질 때를 대비해서 반드시 준비해놓을 게 있다. 그러니까, 주식 살 돈으로 대신 그걸 사."

"뭘 사는 건데?"

"너 돈 별로 없지?"

"이 자식아, 나 돈 많아. 무려 5천만 원이나 있어. 마누라 모르는 비자금."

"그게 많은 거냐? 30년 넘게 일한 놈이 모아놓은 게 그게 전부야?"

"이 씨, 너 진짜 죽는다!"

"하하… 그 돈 가지고 반반씩 나눠서 금과 은을 사놔."

"금은?"

"그래. 반드시 사야 돼."

"이거, 미친놈 아냐. 그걸 왜 사는데?"

"베네수엘라의 금값이 얼마나 올랐는지 알아? 베네수엘라는 하이퍼인플레이션에 빠지면서 금값이 3백만 퍼센트 올랐다. 무슨 뜻인지 알겠어?"

놈의 말을 듣자 다시 한번 온몸에서 소름이 쫙 끼쳐 올랐다.

경제는 몰라도 무슨 뜻인지 단박에 알아챘기 때문이었다.

"반드시 사놔. 그게 어쩌면 네 목숨을 구해줄 테니까."

"미치겠네."

"너 암보험 있지?"

"그거야 당연히 있지. 그건 대부분 사람들이 다 들어놓는 거잖아."

"그것처럼 생각해. 그리고 반드시 현물로 사놔야 한다. 한국금거래소 가서 현찰 주고 사서 집에 보관해."

"집에?"

"꽁꽁 숨겨놓으란 말이야. 잘 때 꼭 안고 자든가."

"헐!"

"난 네가 내 인생에서 얻은 가장 커다란 선물이라고 생각하며 살아왔어. 지금, 너에게 이런 이야기를 해줄 수 있어 나는 정말 기쁘다. 그러니 나를 믿고 반드시 사놔라."

장난기가 전혀 없는 얼굴.

친구 놈의 얼굴에 들어 있는 진심이 가슴이 때렸다.

이놈은 지금 이 순간, 자신을 위해 진정으로 충고를 해주고 있었다.

*   *   *

집으로 돌아온 즉시 박종훈은 컴퓨터를 켜고 한국금거래 사이트에 들어갔다.

막상 금과 은의 가격을 확인하자 입이 떡 벌어졌다.

금값이 이렇게 비쌌나?

한 돈에 33만 원.

예전 IMF 당시 국가에서 금 모으기 행사를 할 때 아이들 돌 반지와 결혼 패물을 전부 갖다 바치면서 받은 돈이 돈당 32,000원이었다.

그때와 비교하면 꼭 10배가 올랐다는 뜻이다.

문제는 박민규가 말한 것처럼 실버 코인을 사기 위해 KPMAX와 코인스 투데이에 들어갔을 때였다.

뭐, 이런 일이 다 있어!

분명히 인베스팅닷컴에서 확인한 은값은 온스당 14.5달러였는데 이 사이트에 적혀 있는 실버 코인 한 개의 가격은 27.2달러였다.

한국과 달리 외국에서는 금은값이 선물시장보다 훨씬 비싸단 이야기를 들었기 때문에 겨우 이해했으나 페이지를 넘기자 충격적인 장면이 눈앞에 펼쳐졌다.

모든 상품이 품절이었다.

그야말로 깡그리 모두 다.

실버 코인의 종류는 메이플, 이글, 캥거루 등이 유통되었지만 모든 상품은 기약 없는 품절이 적혀 있을 뿐이었다.

한참 동안 모니터를 바라보며 움직일 수 없었다.

눈치 빠른, 정보가 빠른 사람들은 오래전에 움직여 매집하기 시작했다는 말을 들었지만 상황이 이렇게 변해 있을 줄은 상상조차 하지 못했다.

자신의 주변에는 금과 은을 사야 된다고 말한 사람이 하나도 없었고 실제 금은방에 가본 것도 까마득했다.

그런데 어이없게도 자신도 모르는 사이에 이런 일이 벌어지고 있었다.

박민규는 은을 살 때 가급적 실버 코인을 사라고 가르쳐 주었다.

실버바는 덩치가 커서 비상 상태 때 사용이 어렵다는 이유 때문이었다.

하지만 이미 실버 코인은 매입이 불가능해진 상태였다.

다음 날.

박종훈은 차를 타고 판교에 있는 한국금거래소를 찾아갔다.

친구 놈은 금과 은을 살 때 반드시 공인된 곳에서 사야 된다고 했다.

대한민국에서 유통되는 금의 70%가 세금을 피해 들어온 밀수품으로, 금은방에서 파는 금은 대부분이 그렇단 말이었다.

문을 열고 들어가자 번쩍번쩍한 내부가 보였다.

귀금속을 파는 곳답게 매장은 화려하게 장식되어 있었는데, 이곳저곳에 각종 보석류가 진열되어 있었다.

"어떻게 오셨나요?"

지배인으로 보이는 남자가 다가와 묻자 박종훈은 지체 없이 입을 열었다.

어제 실버 코인이 품절된 걸 보자 저절로 마음이 급해졌기 때문이었다.

"은을 좀 살까 하는데요. 여기서도 실버 코인을 판다고 하던데 살 수 있을까요?"

"죄송하지만, 실버 코인은 당분간 판매할 수 없을 것 같습니다. 외국 거래처가 수출 루트를 끊어버렸거든요."

"일방적으로요?"

"그렇습니다."

"이유가 뭔데요?"

"미국이나 호주, 캐나다에서도 실버 코인 생산이 대폭 줄어들었답니다. 기존 생산량의 10% 정도만 생산한다네요. 그러다 보니 수출 물량을 댈 수 없답니다."

직업의식이 발동되며 더 묻고 싶었으나 참았다.

눈치를 보니 이 사람도 그 원인은 모르는 게 분명했기 때문이었다.

"휴우, 그럼 실버바는 살 수 있습니까?"

"이것 참, 요샌 왜 이러는지 모르겠습니다. 하루에도 수십 명씩 몰려들어 실버바를 찾는 통에 미치겠어요. 죄송하지만 실버바도 매장에는 없습니다."

"그럼 살 수 없단 뜻입니까?"

"예약을 하시면 살 수는 있습니다. 워낙 먼저 예약하신 분들이 많아서 지금 예약하시면 6월 달에는 받으실 수 있을 거예요. 대신 최대 3kg이 한계입니다."

어이가 없어서 저절로 입이 벌어졌다.

코인과 다르게 실버바는 국내에서 제작하는 것으로 알고 있는데 그것조차 사는 사람이 많아 세 달 후에야 받을 수 있다는 것이다.

지금까지 난, 도대체 뭘 하며 살아온 걸까.

박민규의 말에 따르면 강남 부자들은 이미 금과 은을 수억씩 사다가 쟁여놨다는데 자신은 이제 와서 겨우 3kg을 사려고 몸살을 앓고 있었다.

은 3kg이라고 해봤자 200만 원이 조금 넘는다.

겨우 그걸 사려고 3개월이나 기다려야 된다면, 아직도 아무런 생각 없이 살아가는 일반인들은 진짜 위기가 닥쳤을 때 은 구경조차 하지 못하게 될 거다.

박민규는 들고 갔던 현금으로 골드바를 천만 원어치 산 후 3kg의 실버바를 예약하고 매장을 나섰다.

친구 놈은 가급적 은을 사야 한다고 조언했다.

결정적 시기에서는 은이 금보다 몇 배의 위력을 발휘할 거라 말했는데, 가치의 상승이 훨씬 높을 거란 주장이었다.

그래서 차를 타고 돌아다니며 매장마다 들러 실버바를 예약했다.

이왕 결정한 거라면 추호도 망설이면 안 된다.

지금의 내 선택이 미래의 보험으로 작동한다면 이런 수고 정도는 아무것도 아니란 생각이었다.

*　　　　*　　　　*

이병웅은 책상에 앉아 컴퓨터를 켠 채 모니터를 바라보고 있었다.

처가는 일주일에 두 번씩 찾아갔는데, 그때마다 황수인은 그가 아예 머물러 주기를 바랐다.

가끔 가다 그러고 싶다는 마음이 들었지만 결국 그렇게 하지 않았다.

비록 코로나바이러스로 인해 가수 활동을 접고 있었지만 그에겐 해야 할 일들이 너무나 많았다.

하루가 지날 때마다 그의 SNS와 메일에는 산더미 같은 보고서와 정보들이 올라오기 때문에 상당 시간을 컴퓨터와 같이할 수밖에 없었다.

상황은 하루가 다르게 급변했고 그가 지시한 일들을 처리하느라 각 그룹은 정신없이 움직이고 있었다.

오늘은 아내를 보기 위해 처가에 왔지만 결국 컴퓨터 앞에 앉을 수밖에 없었다.

거실에는 처가 식구들이 모두 모여 연속극을 보고 있었으나 그는 따로 방에 남아 쏟아져 들어온 정보들과 보고서를 보느라 시간 가는 줄 잊어버렸다.

부채가 산을 이룬 현대사회.

세계에 있는 화폐의 총합이 0이라는 사실을 아는가.

화폐의 발행은 곧 누군가의 빚이 되어 화폐의 발행이 많아지면 많아질수록 사람들은 점점 증가되는 빚에 의해 점점 더 허리띠를 졸라매게 만든다.

그게 신용화폐의 가장 커다란 맹점이자 반드시 사라져야 할 이유다.

발행된 화폐가 모든 사람에게 공평하게 배분된다면 얼마나 좋겠나.

하지만 신용화폐 사회는 무지막지한 양극화를 만들어, 있는 자는 천문학적인 돈을 소유했고 대다수의 나머지는 빚의 노예가 되어 평생을 살아갈 수밖에 없었다.

이제 얼마 남지 않았다.

솔직히 이렇게 빨리 신용화폐의 수명이 단축될 줄은 예상치 못했다.

코로나바이러스라는 블랙스완이 전 세계를 덮치면서 각국의 중앙은행은 무차별적인 화폐를 뿌리는 중이었다.

미국의 연준은 둘째치고라도 대한민국의 정부도 실물경제가 파괴되었다는 이유로 사람들에게 돈을 나눠주고 있었다.

이것이 정상인가?

절대 정상이지 않지만 전 세계 정부는 다른 선택을 할 수도 없다.

미국 연준의 행동이 전 세계의 표준으로 자리 잡은 건 어쩌면 당연한 일이다.

기축통화인 달러가 먼저 선두에 서게 되면 다른 통화들은 그들을 따라 움직일 수 있기 때문이다.

연준은 이번 바이러스를 얻어맞으며 가장 먼저 기업들을 살리는 데 전력을 집중했다.

기업들을 살려야 고용 문제가 해결되고 금융시장이 안전을 찾을 수 있다는 걸 간파했던 것이다.

그러나 연준의 그런 노력에도 최근의 미국 고용시장은 최악으로 치닫고 있었다.

신규 실업자 수가 매주 몇백만 명씩 나오고 있으니 이런 상태가 지속된다면 천하의 연준이라도 결국은 나가떨어질 수밖에 없다.

이제 결론은 정해졌다.

과연 어느 순간, 얼마나 더 버티다가 신용화폐의 목숨이 끊어지냐는 것만 남았다.

문제는 그 이후의 세상이다.

금융시스템이 붕괴되면 인류는 또다시 희망을 찾아 새로운 금융시스템을 창출해야만 한다.

물론 자신은 차후의 금융시스템을 예상하고 있었다.

그랬기에 차곡차곡 준비를 하며 향후 다가올 금융시스템에서 우위를 선점하기 위한 노력을 해왔다.

절대.

지금까지와 다른 세계를 맞이해야 된다.

달러를 기축통화로 만들어 세계를 지배해 온 미국의 행패에서 벗어나 완전한 자유국가로서의 위상을 확보하기 위해서는 그들이 앞으로 벌일 탐욕과 야욕에 맞설 수 있는 힘이 필요했다.

"형부, 뭐 하세요?"

머릿속으로 다가올 금융시스템을 그리며 앞으로 대한민국이 움직여야 할 방향을 고민하고 있을 때, 삐죽 문이 열리며 황수연이 모습을 드러냈다.

장인과 장모는 아직도 그가 부담스러운 듯 함부로 대하지 못했지만 황수연은 언제나 격의 없이 다가와 농담을 던지곤 했다.

황수연이 나타나는 걸 보며 노트북의 모니터를 덮었다.

이상한 도표들과 숫자들이 나열된 화면을 보게 된다면 황수연은 꼬치꼬치 캐물을 게 분명했다.

"뭐야, 형부. 야한 거 보고 있었어? 내가 들어오니까 노트북을 확 닫네요?"

"설마, 내가 처가에서 야동 보겠니?"

"그럼 뭐야, 왜 갑자기 닫았는데?"

"회사에서 기밀 서류를 보내왔어. 남들이 보면 안 되는 거. 그러니까 이해해 줘."

"홍, 아무리 봐도 이상한데!"

황수연이 눈꼬리를 치켜뜨자 이병웅이 입맛을 다셨다.

자꾸 변명을 하면 상황은 점점 이상하게 변할 것이다.

"왜 왔어?"

"나와서 과일 드시래요. 엄마가 연속극에서 잘생긴 남자주인공 보다가 갑자기 방에 틀어박혀 있는 사위님이 보고 싶으셨나 봐."

"장모님 사위가 웬만한 남자주인공보다 잘생기긴 했지."

"하아, 다른 사람이면 한마디 할 텐데, 형부라서 그러질 못하겠네. 쳇, 오죽 잘생겼어야지. 하여간 빨리 나와요. 두 분 다 기다리고 계세요."

"혹시, 노래 듣고 싶어 하시는 거 아냐?"

"우왕, 어떻게 알았대. 사실 엄마가 말을 못 하고 끙끙대고 있었어요. 세계에서 제일 노래 잘하는 사위를 두고도 노래 불러달라고 하지 못하는 그 마음 알랑가 모르겠네!"

황수연의 말을 듣고 이병웅은 빙그레 웃으며 한쪽에 놓여 있던 기타를 손에 들었다.

황수인과 결혼하고 장모님의 생신 때 노래를 불러 드린 적이 있었는데 그때 장모님은 세상에서 가장 행복한 표정을 지었다.

세상의 미래가 아무리 어두워도 지금은 가족들에게 행복을 선사해 주고 싶었다.

제48장
카오스

갑자기 시장이 말을 듣지 않기 시작했다.

원유 감산에 합의했다는 소식이 전해졌고, 연준에서 투자 부적격 회사채를 사준다는 발표가 있음에도 미국의 주식시장은 거의 반응을 보이지 않았다.

2조 3천억 달러.

QE6.

이로써 이번 코로나바이러스 사태로 인해 미국에서 퍼붓겠다고 공언한 금액은 8조 달러가 넘었다.

한마디로 미친 거다.

불과 한 달 반 만에 8조 달러를 퍼부었다는 건 앞으로 경제 회복을 감안한다면 최소 20조 달러 정도는 때려 박겠다는 뜻이다.

그럼에도 러시아와 사우디가 하루 1천만 배럴 감산에 합의했으나 유가는 무려 9%나 폭락했다.

도대체 무슨 일이 생기고 있는 걸까?

유럽의 바이러스 확진자 수는 확연히 정점을 찍은 후 내려오는 중이었고 미국의 확진자 수도 주춤하고 있었으니 지금까지 반등하던 주식시장의 강도로 봤을 때 연준의 추가 양적완화와 원유의 감산 합의는 어마어마한 호재였으나 세계 주식시장은 차츰 하락을 시작했다.

상황이 다르고 대처가 다르다.

하지만 그 대처가 정답이 아니었기에 시장은 불안감을 감추지 못하고 있는 게 분명했다.

과거 금융위기 당시에는 금융권에서 문제가 생겼다는 정확한 진단을 내린 후 집중적으로 아픈 곳을 치료했으나 지금은 모든 것이 모호했다.

연준과 세계 중앙은행들의 대처는 오로지 돈을 살포하는 것뿐이었다.

그 이유가 뭘까?

그 이유는 분명히 아플 것이란 예상이 들기에 사전에 예상되는 곳을 돈으로 틀어막기 위함이었다.

금융위기 때는 곪았던 곳이 터진 후에 대처를 했지만 지금은 아니다.

그리고 그 강도도 얼마나 클지 짐작조차 되지 않았다.

생각해 보라.

단 한 달 만에 미국에서는 1,300만이란 실업자가 양산되었다.

미국 역사상 처음 있는 일이었는데 심지어 대공황 때도 이 정도는 아니었다.

"병웅아, 왜 주식시장이 빌빌대는 거지?"

"올랐으니까."

"무슨 대답이 그래. 농담이지?"

"원래 오르막이 있으면 내리막도 있는 거야. 세상 만물이 그렇게 형성되어 있어. 문제는… 과연 이 하락이 어디까지냐는 거지."

"내가 궁금한 것도 그거야. 그걸 알아야 우리 포지션도 결정할 수 있으니까."

홍철욱과 문현수가 굳은 얼굴로 이병웅을 바라봤다.

부활절이 지나고 개장된 오늘.

미국 선물시장은 2%에 육박하는 하락을 기록하고 있었다.

기분이 좋지 않다.

"양적완화에 이어 원유 감산까지 시장이 원하는 건 다 들어줬는데 왜 반응이 없냐 이거야. 도대체 이 새끼들은 뭘 바라고 있는 걸까?"

"정답이 아직 안 나왔잖아."

"어떤 정답?"

"연준에서 부적격 회사채를 사준다고 했는데 그 대상이 BB까지다. CCC에 대해서는 아무런 말이 없었던 거지."

"환장하겠네. 그래서 CCC에 포함된 놈들이 파산할 수도 있다?"

"원유 감산을 했지만 유가는 여전히 20달러 근처에서 빌빌거려. 왜 그럴까?"

"그거야 당연히 경제가 멈췄으니까 원유 소비량이 줄어들었기 때문에… 가만, 그러고 보니 사우디와 러시아가 감산에 합의해 준 것도 그 이유였구나."

"빙고."

"머리 좋은 새끼들."

"천만 배럴 감산으로는 유가를 끌어올리지 못해. 20달러 근처면 어차피 미국의 셰일 기업들은 전부 죽는다. 그리고 뭔가를 약속받았을 테지… 이를테면 천연가스관 연결이라든가 중동의 평화 유지에 관한 거. 하지만 미국 대통령은 헛발질을 한 거야. 그는 원유 감축만 하면 모든 게 해결될 거라 믿었겠지만 상황은 전혀 다른 쪽으로 흘러가잖아."

"사우디와 러시아만 감축으로 혜택을 받았다?"

"결과가 그렇게 나오는구먼. 그러고 보면 세상은 참 재밌어."

이병웅이 탁자를 손가락으로 톡톡 두드리며 웃었다.

세상은 요지경이란 말이 요즘 들어 정말 실감난다.

원유 감축을 위해 정신없이 뛰어다니며 양쪽을 설득했던 미국 대통령은 이런 결과를 전혀 예상하지 못했을 것이다.

"여기서 주식시장은 어떻게 될 것 같아?"

"등락을 반복하겠지. 올랐으니 조정을 받을 것이고 상황에 따라 또 오를 거야. 워낙 많은 돈이 풀렸으니 사람들은 주식시장에 대한 환상을 가지고 있거든."

"학습 효과는 있지. 그래서 우리나라 개미들이 미친 듯이 미국 주식을 사는 걸 테고. 2008년 금융위기 이후 양적완화를 통해 주식이 엄청나게 상승했으니까 탐욕에 젖은 개인들이 신분 상승을 위해 미국 주식에 베팅하는 걸 거야. 우리나라 시장은 꼼작하지 않으니 재미가 없다고 생각한 걸 테지."

"문제는… 4월 30일이다. 미국 대통령이 공언했던 그 시간. 만약 그것이 지켜지지 못한다면 미국 시장과 세계 주가는 대폭락을 기록하게 될 거야."

"정말 그렇게 될까?"

"내 말을 믿어. 그땐 주식시장뿐만이 아니라 모든 실물시장이 박살 난다. 부동산도 금은도 모조리."

"왜?"

"대공황으로 빠져들 가능성이 점점 커지거든. 바이러스가 미국을 6월 말까지 괴롭혀서 경제 활동을 못 하게 만들면 세계는 끝이라고 봐도 돼."

"휴우, 넌 그 가능성을 얼마나 보냐?"

"지금으로서는 60% 이상."

"헉, 그렇게나 많이!"

이병웅의 대답에 두 놈의 입에서 비명이 흘러나왔다.

예상했던 것보다 훨씬 커다란 확률을 말했기 때문이었다.

"세계 주가가 상승한 이유는 많이 빠졌기도 했지만 몇 가지 이유가 있었어. 첫째는 연준의 무차별적인 돈풀기였고 두 번째는 바로 우리나라의 확진자 수가 하향 수렴을 했기 때문이지. 그러나 미국이나 유럽 그리고 일본 등 다른 놈들은 우리와 근본적으로 의료시스템이 달라. 우리가 하향평준화 되었다 해서 그들도 그렇게 될 것이라 생각하는 건 오산이야. 더군다나, 우리나라도 안심할 수 없다. 여전히 우리 경제도 바이러스 때문에 옴짝달싹 못 하는 형편이야. 그렇다면 그들은?"

"우리나라는 4월 말이면 끝나지 않을까?"

"난 그렇게 보지 않는다. 이번 바이러스는 그 확산 속도가 사스보다 10배나 강하다고 하더군. 우리나라가 4월에 끝나지 않는다는 건 미국은 최소 6월 이상까지 간다고 봐야 해. 그래서 미국 대통령이 원하는 4월 30일 경제봉쇄를 풀 수 없다고 판단한 거야."

"6월까지 간다면 난리 나겠구나. 아무리 많은 돈을 풀어도 소기업이나 자영업, 개인파산은 막지 못할 테니."

"미국 대통령은 그걸 막고 싶어 몸살이 난 상태지만 결국 그의 뜻대로 되긴 힘들 거다."

"그럼 우린 어쩌지?"

"서둘러서 준비를 할 수밖에. 최악의 상황이 점점 다가오고 있잖아."

"휴우… 미치겠네."

일상적인 대화로 보이지만 그 속에 담겨 있는 의미들은 너무나 무서운 것들이다.

벌써, 미국의 일각에서는 저소득계층들이 무너진다는 소식이 들려오고 있었다.

역대 최고로 많은 총과 실탄이 판매됐다는 뉴스가 흘러나오는 중이었다.

그건 미국인들이 폭동에 대비하기 시작했다는 걸 의미하는 것이다.

*   *   *

시간은 빠르게 흘러갔다.

약속된 4월 30일이 점점 눈앞으로 다가올수록 주가의 하락폭은 깊어지기 시작했다.

그동안 등락을 반복하던 시장의 반응이 미국 대통령의 약속 기간에 가까워지자 극렬하게 반응했다.

유럽의 바이러스 증가 추세는 확실하게 꺾였고 미국 역시 마찬가지였으나 그 숫자는 여전히 적은 숫자가 아니었다.

이런 상황에서 경제봉쇄를 푼다는 건 상식적으로 전혀 맞지 않는 일이었다.

미국 대통령은 수시로 텔레비전에 나와 확진자 그래프를 내놓으며 이제 경제활동을 재개해야 한다고 주장했으나 사람들과 시장은 그 말을 믿지 않았다.

전문가들과 야당은 미친 듯이 미국 대통령을 성토하며 그가 자신의 재선을 위해 2차 감염으로 미국을 죽이려 한다고 목소리를 높였다.

*　　　　*　　　　*

이병웅이 청와대로 들어서자 비서실장이 자연스럽게 그를 맞아들였다.

워낙 여러 번 찾았기 때문에 비서실장은 이젠 그를 식구처럼 대했다.

그가 청와대를 찾는 시간은 주로 저녁.

대통령의 일과가 모두 끝난 저녁 8시 전후였는데 비서실장조차 배석하지 않았기 때문에 그들이 그저 술이나 마시며 담소를 나누다가 헤어지는 것으로 알고 있었다.

"어서 오게. 자네는 나이가 들어도 전혀 모습이 바뀌지 않는구먼. 피부 관리를 받나?"

"하하, 대통령님. 저는 가수지만 피부 관리를 받은 적이 없습니다."

"그런데 왜 자네 얼굴은 윤이 나는 것 같지?"

"집에서 나올 때 로션을 듬뿍 발라서 그런 것 같습니다."

"이 사람아, 로션 듬뿍 발라서 그렇게 된다면 나도 해보겠네. 말이 되는 소릴 해."

"진짠데요."

이병웅이 웃으며 의자에 앉자 대통령이 손수 장식장에서 양주병을 꺼내 왔다.

식탁에는 이미 과일 안주와 마른안주가 놓여 있고 술잔까지 세팅된 상태였다.

오늘은 영부인의 모습이 보이지 않았다.

"오늘은 특별히 발렌타인 30년을 준비했네. 이게 술이 부드러워서 아주 좋아."

"이건 꽤 비싼 술이잖습니까. 대통령님 월급에서 많이 무리하셨겠는데요?"

"응, 무리했어. 그래도 마스터를 모시는 데 이 정도는 성의를 보여야지. 그동안 자네가 국가를 위해 수고해 준 대가에 비한다면 약소하다네."

"뚜껑은 제가 따겠습니다."

이병웅이 대통령으로부터 술병을 건네받아 마개를 벗겨냈다.

향기로운 냄새.

발렌타인 30년은 10년 전만 해도 한 병에 100만 원이 넘는 고가의 술이었으나 이젠 가격이 많이 다운돼서 30만 원이면 산다.

그럼에도 최고의 술이란 건 부인하지 못한다.

마개를 벗겨내고 대통령의 잔에 술을 따르자 대통령이 병을 건네받아 술을 따라준 후 잠시 말없이 이병웅을 바라보았다.

"고맙네."

"뭘 말씀입니까?"

"벌써, 식량 비축분이 2년 치나 되더군. 자네가 아니었다면 꿈도 꾸지 못할 일이었어. 금리를 내리지 않을 수 있었던 것도 모두 자네 공일세. 세계 주식시장이 전부 꼬꾸라지는데 우리나라만 멀쩡하게 버티는 것도 제우스가 배후에서 받치기 때문이란 거 잘 안다네. 세계가 전부 흔들리는데 우리나라 부동산만 멀쩡해. 비록 바이러스 때문에 GDP가 1%나 하락했지만 다른 나라에 비한다면 아무것도 아니지. 이 모든 게 자네가 있었기 때문에 가능했던 일이야."

"그렇게 인정해 주시니 고맙습니다."

"그래, 오늘은 어쩐 일로 먼저 오겠다고 했나. 난 자네와 만나는 게 반갑기도 하지만 두렵기도 하다네."

진정으로 하는 말이다.

대통령은 대한민국을 이끄는 사람으로서 언제나 어려운 결정을 해야 한다.

최근 들어 더욱 그렇다.

바이러스로 흔들리는 세상에서 유일하게 생생히 버티는 대한민국이지만 대통령은 이 혼란의 시기에서 국가를 지키기 위해 혼신의 힘을 다하고 있었다.

"몇 가지 드릴 말씀이 있어 왔습니다."

"뭔가? 귀를 씻고 경청하지."

"아무래도, 우리가 우려했던 일들이 벌어질 것 같습니다. 시간 스케줄이 훨씬 앞당겨지고 있거든요."

"자네는 정말 세계가 대공황으로 빠져들 거라 생각하나?"

"그렇습니다."

"금년부터?"

"미국이 6월까지 경제활동을 재개하지 못하면 그럴 가능성이

60%가 넘습니다. 그때가 되면 유럽이 먼저 주저앉을 가능성이 큽니다. 쉽게 말해 유럽발 대공황이 찾아오는 거죠."

"유럽이?"

"유럽은 이번 바이러스 사태가 오기 전에도 이미 중환자였습니다. 부채는 산을 이루었고 오래전부터 마이너스금리를 사용할 만큼 경제가 엉망이었죠. 유럽의 기업들이 서서히 무너지고 있습니다. 아마, 6월이 넘어서면 기업 부도가 도미노처럼 발생하면서 금융권이 흔들리게 될 겁니다."

"허어, 그럼 큰일이잖나. 그러면 우리도 위험해질 텐데?"

"당연히 우리나라도 위험해집니다. 경제는 가라앉을 것이고 최악의 상황에서는 실업률이 역대 최대를 기록할 수 있습니다. 그리되면 기업 부도와 가계 파산이 급속도로 발생하게 되겠죠."

"아이고, 이 사람아."

"2일 후가 미국 대통령이 약속한 시간입니다. 하지만, 많은 전문가들이 예측한 것처럼 미국 대통령은 경제봉쇄를 풀지 못할 겁니다. 미국의 주식시장이 그걸 단적으로 보여주고 있지 않습니까. 이제 본격적으로 세계가 흔들리기 시작하겠죠. 그래서 제가 온 겁니다. 그런 세상을 철저히 대비하기 위해."

*   *   *

결국 미국은 경제봉쇄를 풀지 못했다.

뉴욕을 중심으로 하향되면 확진자 수가 다시 고개를 쳐들며 늘어나기 시작했던 것이다.

이번에는 LA와 텍사스를 중심으로 한 중부 지역의 창궐이다.

그동안 중부 지역은 바이러스의 영향에서 다른 지역보다 덜 했었는데, 뉴욕과 캘리포니아 쪽이 줄어드는 대신 급격한 확산이 일어났다.

미국 대통령은 끝내 고개를 떨어뜨리고 말았다.

11월 열리는 재선에 당선되기 위해 어떡하든 경제를 다시 돌리고 싶어 했으나 약속된 4월 30일에서 다시 한 달을 연기했다.

그러나 한 달이 지나도 바이러스는 확산을 멈추지 않았다.

정점을 지났다는 게 무슨 소용이란 말인가.

근본적으로 의료시스템이 상류층에게 포커스가 맞춰진 상태였기에 대다수의 없는 자들은 병원을 찾지 않고 돌아다니며 계속 바이러스를 전파했다.

더 커다란 문제는 확산세가 멈췄던 지역에서조차 2차 감염이 시작됐다는 것이었다.

서민층부터 서서히 무너졌고 중소기업들이 망가지기 시작

했다.

바이러스의 팬데믹에서 시작된 경제는 아랫도리부터 망가지면서 차츰 미국 경제를 흔들어 붕괴의 서곡을 알렸다.

지속적인 달러의 살포.

미국 정부와 연준은 어떡하든 경제를 지키기 위해 무차별적인 달러를 찍어내어 공급했으나 한번 무너진 경제를 살리기엔 역부족이었다.

유럽의 상황은 미국보다 훨씬 좋지 않았다.

바이러스만 잡히면 된다는 생각에 ECB가 막대한 돈을 풀면서 어떡하든 국가부도를 막기 위해 노력했으나 기업들의 부채가 폭발하면서 기어코 이탈리아와 그리스가 파산을 선언했다.

그들뿐인가.

유럽이 무너지면서 남미의 아르헨티나, 브라질, 터키가 동반으로 나락에 떨어졌다.

2020년 11월에 벌어진 일이었다.

＊　　　　＊　　　　＊

"뭐야, 프랑스가 흔들린다고?"

"아무래도 얼마 못 버틸 것 같습니다."

"이거 큰일이군. 프랑스까지 무너지면 영국도 얼마 버티지 못해. 그리되면 독일까지 무너진다. 유럽이 전부 괴멸한다는 뜻이야!"

"그건 아시아 쪽도 마찬가집니다. 일본과 중국도 위험합니다. 그들도 간신히 버티고 있는 중이지만 아무래도 힘들 것 같습니다."

기재부장관이 새파랗게 질린 얼굴로 소리를 지르자 힘겨운 목소리로 대외협력국장이 마지막 절망을 선사했다.

세계 대부분의 국가들이 무너지는 상황.

이제 남은 건 세계 최강국 미국과 탄탄한 경제를 자랑하는 대한민국뿐이었다.

그렇다 해서 두 국가의 경제가 괜찮다는 뜻은 아니었다.

전 세계가 하나로 묶여 있는 현대사회에서 대부분이 몰락하는 마당에 버틸 수 있는 국가가 어디 있단 말인가.

"우리 기업들은… 얼마나 무너졌나?"

"이제 30%가 넘었습니다. 100대 기업 중 23개가 무너졌고 중소기업은 2천 개가 넘습니다."

"으……."

기재부장관의 입에서 짐승 같은 신음이 흘러나왔다.

기업이 무너진다는 것은 고용이 사라진다는 뜻이고 수많은 실업자들이 양산된다는 걸 의미했다.

그걸 증명하는 게 바로 서울역에 사라졌던 노숙자들이 다시 등장했다는 것이었다.

"장관님, 한은 쪽에 이야기해서 금리를 내려야 합니다. 그래야 서민들이 버틸 수 있습니다."

"알고 있어. 그렇지 않아도 마지막 보루로 남겨뒀던 금리를 내리는 것으로 협의가 되었어."

대한민국은 금년 4월까지 선진국 중 유일하게 4%의 금리를 유지하고 있었지만 경제가 급격하게 위기에 처하자 불과 7개월 만에 350BP를 내렸다.

이제 남은 건 50BP뿐.

최후의 보루로 남겨 뒀던 금리를 0으로 만들어야 한다.

그렇게 해야 천문학적인 국채를 발행해서 국민들에게 지원금을 나눠주는 바탕을 만들 수 있다.

"이제 할 수 없어. 우리도 다른 나라들처럼 가는 수밖에."

"정말 끝이군요. 무섭게 성장하던 우리나라 경제가 여기서 멈춰야 하다니 분하고 안타깝습니다."

"어차피 피할 수 없었던 결과 아니었던가. 그나마 다행이야, 우리나라는 아직 폭동이 일어나지 않고 있으니."

"식량 수급이 안정되어 있기 때문입니다. 더불어, 우리 국민들은 위기에 강한 정신력을 가지고 있지요."

협력국장의 대답에 무거운 얼굴로 기재부장관이 고개를 끄덕였다.

그의 말이 맞다.

대한민국은 농군그룹으로 인해 식량자급률을 100% 이상으로 만든 상태고 유통기한이 긴 비상식량이 산더미처럼 준비되어 있는 상태였다.

하지만 다른 나라들의 상황은 최악이었다.

특히 식량이 부족한 유럽과 남미, 중동, 아프리카 쪽은 폭동이 빈번하게 발생해서 사회 전체가 혼란과 불안에 시달리는 중이었다.

＊   ＊   ＊

미국 주식시장은 대통령의 경제봉쇄 완화정책에 힘입어 거의 전 고점까지 치솟다가 결국 경제가 재개되지 못한다는 사실이 알려지면서 폭락을 시작했다.

5월부터 본격적으로 하락하던 주식시장은 무려 6개월 만에 85%의 하락률을 기록했는데, 역사상 처음 있는 일이었다.

과거 대공황 당시 85%의 하락률을 기록한 건 3년 반에 걸쳐 일어났던 일이었지만 지금의 속도는 가히 번갯불에 콩 구워 먹을 만한 수준이었다.

반면에 금값과 은값이 무섭게 솟구쳤다.

온스당 1,700달러 언저리에서 머물던 금값은 주식시장이 폭락하는 것과 반비례하며 3,000달러를 찍었다.

더 무시무시한 건 은값이었다.

불과 16달러였던 은값은 같은 기간 폭등을 지속하며 무려 200달러까지 치솟은 상태였다.

"저 나라들… 괜찮을까?"

"휴우, 인간은 위기에 빠지면 폭력성이 드러나. 약탈과 방화, 그리고 진압. 전형적인 혼란 사회의 패턴이지."

홍철욱의 질문에 이병웅이 무거운 음성으로 대답했다.

화면에는 국가별 폭동 사태를 소개하고 있었는데 거의 모든 사람들이 이성을 상실한 것 같았다.

텅 빈 마트의 진열대.

식량이 부족한 국가들의 마트들은 거의 텅텅 비어 공급망이 완전히 끊어진 것으로 보였다.

그때, 화면이 바뀌며 앵커의 급박한 목소리가 울려 퍼졌다.

"으… 중국까지!"

화면에서 흘러나온 건 중국의 소요 사태였다.

수백 명의 사람들이 거리를 뛰어다니며 공안과 대치하고 있었는데 거의 전쟁 수준이었다.

두 사람이 충격을 받은 이유는 화면에서 나오는 나라가 바로 중국이었기 때문이었다.

중국은 공산국가로 완벽한 통제가 이루어지는 나라다.

그런 나라에서 폭동이 시작되었다는 건 이번 위기의 심각성이 얼마나 대단한지 단적으로 증명하는 것이었다.

"빠르네."

"뭐가?"

화면을 지켜보던 이병웅이 문득 한마디 던지자 옆에 있던 문현수가 인상을 썼다.

말의 의도를 이해하지 못했기 때문이었다.

그건 오른쪽에 있던 홍철욱도 마찬가지였다.

"너무 빨라. 내가 예상했던 것보다 너무 빨라서 정신이 없어."

"무너지는 속도가?"

"응."

"그렇긴 하지. 불과 몇 개월 만에 이렇게 변할 줄 누가 알았어. 인류가 지탱해 왔던 이 사회가 사상누각에 불과했다는 생각이 드는군."

"이렇게 빨리 진행되는 걸 보면 이제 서서히 마각이 드러날 때가 되었어."

"그놈들?"

홍철욱과 문현수의 입이 동시에 열렸다.

수십 년을 같이 살아왔으니 이젠 한마디만 들어도 하고 싶은 이야기가 뭔지 알아들을 수 있다.

세계경제를 이렇게 만든 자들의 음모를 말이다.

"아마, 조만간에 전 세계 중앙은행의 수장들이 모일 거야. 저번 모임에서는 아무런 성과 없이 끝났지만 이제부터는 달라지겠지."

"과연 협의가 될까. 미국 놈들은 절대 기득권을 놓치고 싶어 하지 않을 텐데?"

"기득권의 의미는 자신이 가진 유리한 권리를 의미하지. 하지만 그게 의미가 없어진다면 어떨까?"

"그자들은 다른 나라가 어찌 되든 상관하지 않고 오직 지들 나라만 생각하잖아. 분명 그냥은 협의해 주지 않을 거야."

"두고 봐라. 곧 미국에서도 폭동이 일어날 테니. 지금까지는 식량과 에너지가 확보되었기에 버티고 있지만 미국도 별수 없을 거야."

"왜?"

"전 세계에서 양극화가 가장 심한 나라가 미국이니까. 그러니, 곧 무너진 서민층의 반격이 시작될 거다. 그것 역시 그놈들의 의도겠지만."

대통령은 국무회의를 마치고 나오며 긴 한숨을 흘려

냈다.

끔찍하다.

다른 나라에 비해 덜하지만 대한민국의 경제는 박살 난 것이나 다름없었다.

실업자들을 구제하기 위해 천문학적인 돈을 풀어 무상으로 돈을 나눠주고 있었으나 그게 근본적인 해결책이 될 수 없다는 걸 너무나 잘 알고 있었다.

부채가 폭발한 세상은 이렇게 무섭다.

미국을 포함한 세계 각국이 살포한 헬리콥터머니는 거대한 부채의 산을 만들었고, 화폐의 가치는 끊임없이 추락하는 중이었다.

경제가 위기에 처하면 달러의 가치가 상승하는 게 그동안의 법칙이었으나 그런 법칙도 깨지고 있었다.

워낙 많이 풀린 달러의 가치를 각국이 인정하지 않았기 때문이었다.

금융위기 당시 미국은 엄청난 달러를 찍어냈으나 중국을 비롯한 세계 각국에 달러를 수출했고 금융시장에 몰아넣으며 달러의 가치를 지켰다.

그러나 지금은 그런 상황이 아니었다.

즉, 달러의 가치는 시간이 갈수록 그 가치를 급격히 상실하고 있었다.

"참, 넌 족집게 도사구나. 저걸 봐."

잠시 화장실에 다녀온 이병웅을 향해 친구들이 턱으로 화면을 가리켰다.

거기엔 국제결제은행에서 세계 각국의 중앙은행장들을 긴급으로 소집했다는 뉴스가 흘러나오고 있었다.

국제결제은행.

금융시장의 최상위 정책 결정 집단을 말하는 단어다. 지금까지 세상은 국제결제은행이 제정한 은행 건전성 비율(BIS)을 지키며 금융시장을 이끌어왔으니 국제결제은행의 위상은 독보적 존재일 수밖에 없었다.

국제결제은행이 세계 각국의 중앙은행장을 소집했다는 것은 그만큼 현재의 상황이 급박하다는 걸 의미하는 것이었다.

"과연, 어떤 내용이 논의될까?"

"저번과 마찬가지 내용이겠지. 새로운 통화 시스템으로의 전환. 미국의 극렬한 반대로 저번회의에서는 말도 꺼내지 못했다고 들었지만 이제부터는 달라질 거야. 미국과 우리를 제외한 전 세계가 극한의 상황까지 몰렸으니까."

"미국이 반대하면 또 마찬가질 텐데?"

"그래서 시간이 필요해. 새로운 질서를 만드는 건데 당연히 기득권을 쥔 자들의 반대가 있겠지. 하지만 미국도 어쩔 수 없을 거야. 달러의 가치가 이렇게 무차별적으로 떨어지고 있으니 결국 선택을 할 수밖에 없어."

"우리 전략은?"

"나는 대통령께 중국, 러시아와 한편에 서자고 건의했다."

"뭐라고!"

이병웅의 말에 두 놈이 동시에 소리를 질렀다.

미국이 독단적으로 깡패 짓을 하며 세계를 이끌어왔다는 걸 잘 알지만 그래도 그들에겐 상도의란 게 있었다.

그러나 중국과 러시아는 다르다.

특히, 중국은 아직도 대한민국이 역사 속에서 자신들의 속국 이란 사실을 뿌리 깊게 기억하는 족속들이었다.

과거 사드로 인해 양국의 관계가 틀어졌을 때, 중국은 그 더러운 본색을 드러내며 대한민국을 향해 비수를 들이밀고 온갖 협박과 박해를 가해왔었다.

"왜, 왜 그자들과 한편을 먹어. 그 새끼들과 한편 먹어서 좋을 게 뭐가 있다고?"

"그래야, 미국이 기득권을 쉽게 포기할 테니까."

"미치겠네. 그래 봤자, 중국과 러시아는 결국 지들 좋은 쪽으로 끌고 갈 거야. 우리가 그놈들 쪽에 붙는 건 이득이 없어."

"있다."

"뭔데?"

"우린 누구의 편도 아니야. 그저 최대한 우리 쪽에 유리한 국면으로 이끌어가기 위해 그자들을 이용할 뿐. 미국을 포기시키고 나면 우리의 포지션은 상황에 따라 바뀐다. 그리고 마지막에 가서는 미국과 한편이 될 거야."

"그건 또 왜?"

"우린 미국이 준비하는 쪽으로 포커스를 맞춰왔으니까."

"아이고, 씨발. 도대체 뭔 소린지 못 알아먹겠네. 쉽게 말해 봐. 대체 뭔 소리야?"

"중국과 러시아, 인도, 프랑스, 터키, 헝가리 등이 원하는 건 금본위제다. 그걸 대비하기 위해 그동안 그 나라들은 미친 듯 금을 사 모았지."

"그래서?"

"그 이유는 미국에 금이 외부에 알려진 것만큼 확보되지 못했다는 걸 간파했기 때문이야. 따라서 그들은 미국의 달러를 기축통화에서 끌어내리기 위해 금을 선택했어."

"그러니까, 미국의 전략은 뭐냐고?"

"금은본위제."

"하아, 금은본위제. 그래서 우리가 은을……."

"그럼 내가 단순히 돈을 벌기 위해 은을 사 모았다고 생각했나?"

"그런 줄 알았지. 금융위기 이후 은이 7배나 뛰었으니까 투자라고 생각할 수밖에 없잖아. 넌 언제나 데이터를 중심으로 투자

해 왔으니까. 지금 은값이 어마어마하게 뛰어서 좋아했더니 다른 생각이 있었단 말이지!"

홍철욱이 버럭 소리를 질렀다.

지금까지 이병웅은 친구들에게 한 번도 이런 속뜻을 나타낸 적이 없었다.

최대한의 비밀 유지는 물론이고 이런 상황까지 진행될 거란 확신조차 없었기 때문이었다.

하지만 역사는 자신이 원하지 않았던… 결코 오지 않기를 기대했던 방향으로 흘러가고 있었다.

"미국은 최악의 상황에 몰리면 신용화폐를 포기할 거야. 대신 금은본위제를 들고 나오겠지. 현재의 화폐 유통량을 감당하기 위해선 금만으로는 해결할 수 없다면서."

"다른 국가들이 그냥 있을까? 그리되면 달러의 기축통화를 또 인정하는 꼴이 될 텐데?"

"우리가 미국 편을 들게 되면 그리된다. 왜냐하면 아직도 세상의 중심은 미국이고 거기에 대한민국과 일본이 동의를 하면 그 자들은 막을 수 없거든."

"만약 금은본위제로 진행되면 우리나라는 어떻게 되는 거냐?"

"G2로 올라서겠지. 그것도 미국과 쌍벽을 이루는. 그리고 얼마 지나지 않아 대한민국은 세계의 탑이 될 거다."

"가능할까?"

"우리에겐 갤럭시가 있어. 향후의 세계는 4차 산업이 지배하게 될 것이고 갤럭시엔 세계를 지배해 나갈 제품들이 줄줄이 대기하고 있지. 두고 봐라. 새로운 금융시스템이 자리 잡은 후 대한민국은 창공으로 날아갈 테니."

*   *   *

인류에게 있어 대공황이란 단어는 전설처럼 내려오는 이야기에 불과했다.

불과 90년 전에 발생했을 뿐인데도 그렇다.

하긴, 인간의 생이 100세 시대로 변했다고는 하나 그 시대에 살았던 사람은 대부분 저세상으로 갔으니 그 끔찍함을 겪은 사람은 손으로 꼽을 정도다.

언제 우리가 상상이나 해봤던가.

바이러스가 세상에 나타났을 때 천 원 하던 마스크를 3만 원이나 줘야 겨우 사고 유럽과 미국에서 화장지가 싹쓸이되는 장면은 이전까지 상상조차 해보지 못했던 일이었다.

그러나 지금 인류는, 전 세계가 동시에 대공황에 빠져들자 그 끔찍했던 고통을 몸소 체험하는 영광을 얻게 되었다.

가정은 파탄 나고 가장은 집을 등지거나 스스로 목숨을 끊는 일들이 비일비재하게 일어났다.

가장이란 존재는 특이해서 스스로 가족을 돌보지 못하는 경우 죽음보다 더 끔찍한 고통을 겪는다고 한다.

아버지로서 자식들에게 먹을 걸 마련해 주지 못하는 고통을 상상이나 해봤는가.

그래서 차라리 가족을 버리고 떠난다.

가족들을 보는 그 순간이 죽음보다 더 괴로우니까.

대한민국 또한 대공황의 고통을 고스란히 경험하고 있었으나 다른 국가에 비한다면 그나마 괜찮은 편이었다.

물론 실업자들이 지천에 깔렸으나 다른 나라처럼 배를 곯는 일은 발생하지 않았다.

철저하게 준비한 이병웅의 프로젝트가 빛을 발했기 때문이었다.

정부에서는 매달 실업자들과 사회적약자들에게 기본 수당을 지급했고 농군그룹은 최대한 싼 가격으로 먹거리를 공급했다.

그렇다고 해서 사는 것이 정상적이라 말할 수는 없었다.

많은 기업들이 파산하면서 제조업 강국인 대한민국의 날개도 절반 정도 부러진 상황이었으니 물가는 폭등했고 서민들의 주머니는 더없이 가벼워졌다.

이병웅은 어려운 상황이었음에도 정부를 지원하지 않았다.

그동안 세계 최고의 재무 건전성을 보유한 정부의 힘을 믿기도 했지만 제우스와 계열사 그룹에 쌓여 있었던 거대한 자금중 상당 부분을 전 세계 부동산 매입에 사용했기 때문이었다.

그는 제우스의 모든 힘을 동원해서 미국과 유럽, 중국, 일본의 마천루들을 헐값으로 사들였다.

이병웅은 이것이 차후 다가올 미래에서 대한민국의 힘을 강력하게 만드는 포석이라 믿었다.

일종의 양털 깎기다.

IMF 당시 미국과 유럽, 일본의 자본들은 대한민국에 들어와 서울과 대도시의 주요 빌딩들을 헐값으로 싹쓸이했다.

이제 그걸 대한민국이 하려는 것이다.

외국에 나가 있던 유학생과 주재원, 교포들이 속속 대한민국으로 들어왔다.

매일 벌어지는 폭등과 살인적인 물가, 배고픔을 견디지 못하고 고국의 품으로 돌아왔던 것이다.

전 세계를 통틀어 안전한 나라는 그 어디에서도 찾아보기 힘들었다.

정부는 그런 국민들을 전혀 거리낌 없이 받아들였다.

위기의 순간에서 조국이 국민들을 등져서는 안 된다는 신념을 가지고, 그들이 돌아와도 버틸 수 있는 능력이 있다고 판단했기 때문이었다.

비록 상당수의 산업이 파괴되고 무너졌으나 아직도 주요 기업들은 생생히 살아서 권토중래를 도모하고 있었다.

특히, 대공황에서 농군그룹의 활약은 눈부실 정도였고 갤럭시그룹의 활약도 대단했다.

농군그룹은 각종 농산품과 육류, 어류까지 완벽하게 시스템을 구축한 채 공급했기에 각종 마트는 먹을거리가 부족하지 않았다.

물론 국민들의 협조도 한몫했다.

국민들은 정부의 강력한 계도에 따라 사재기를 하지 않았는데, 필요한 물품은 언제든지 살 수 있다는 믿음 때문이었다.

더불어 갤럭시그룹에서 생산해 낸 3차 전지가 대공황을 맞아 빠르게 각종 산업으로 적용되기 시작했다.

석유 한 방울 나지 않는 나라 대한민국에서 자체 충전 방식의 3차 전지 보급은 가뭄의 단비나 다름없는 것이었다.

*   *   *

이병웅은 초조한 시선으로 의자에 앉아 있었다.

오늘은 드디어 황수인이 출산하는 날이었다.

기다리고 기다렸던 순간.

아이가 엄마의 배 속에서 자랄 동안 세계는 무참하게 무너졌지만 이병웅은 그와 상관없이 아이가 자신에게 올 날을 손꼽아 기다렸다.

"오빠, 나 무서워."

"무섭긴, 내가 옆에 있을게."

"얘가 자꾸만 차. 빨리 나가게 해달라는 것 같아."

"엄마가 보고 싶은 거겠지. 10달 동안 자라면서 엄마 얼굴이 무척 궁금했을 테니까."

"아……."

황수인의 얼굴이 일그러졌다.

진통이 다시 시작되면서 그녀의 얼굴엔 땀방울이 송골송골 맺혔다.

"이병웅 씨, 이젠 분만실로 옮겨야 될 것 같습니다. 같이 가시겠습니까?"

"가겠습니다."

의사의 질문에 이병웅은 조금도 망설이지 않고 대답했다.

약속했던 것처럼 자신의 아이를 선물해 줄 아내가 불안하지 않도록 옆에서 지켜줄 생각이었다.

분만실로 들어간 후.

이병웅은 손을 꼭 쥔 채 하염없이 황수인의 얼굴을 바라봤다.

고통으로 일그러진 얼굴, 쉴 새 없이 터져나오는 비명 소리.

그 모든 걸 하나씩 기억하고 싶었다.

이윽고.

찰나와 영원이 공존했던 시간이 지난 후.

"응애… 응애……."

황수인의 몸이 축 늘어지는 것과 동시에 아이의 울음소리가 터져 나왔다.

보고도 믿지 못할 순간.

자신의 아이가… 세상에 처음으로 모습을 드러내는 걸 보며 이병웅은 머리가 텅 비는 충격을 받았다.

지금 이 순간만큼은 국가의 미래도 세계를 공포 속으로 몰아넣고 있는 대공황의 고통도 떠오르지 않았다.

오직 그의 눈에 보인 것은 눈조차 뜨지 못한 채 손가락을 꼼지락거리는 아이의 얼굴뿐이었다.

*　　　　　*　　　　　*

"총재님, 어서 오십시오."

"죄송합니다. 급한 일이 있어서 달려왔으니 양해해 주십시오."

아침 7시.

청와대의 업무가 시작되려면 아직 먼 시각.

갑작스럽게 들이닥친 한국은행 총재 여진성으로 인해 대통령은 세면조차 하지 못하고 집무실로 내려왔다.

그에 대한 불쾌감 같은 건 생각할 겨를조차 없었다.

오죽하면 저리 땀을 흘리며 이 시간에 달려왔겠는가.

"그런데 이 새벽에 무슨 일입니까?"

"대통령님, 연준의장으로부터 4시쯤 전화가 왔습니다."

"새벽 4시에 말이요?"

잠시 어이가 없었던지 대통령이 되물었다.

말도 안 되는 일이다.

미국과 대한민국의 시차는 대략 12시간 차이가 난다는 걸 연준의장이 모를 리 없었다.

"그는 저에게 다음 주에 있을 바젤 회의에서 미국 편을 들어달라는 요청을 해왔습니다. 달러가 기축통화의 지위를 유지하게 해준다면 미국은 이 위기가 끝난 후 대한민국에게 엄청난 혜택을 주겠다고 했습니다."

"구체적으로 어떤 혜택을 말합디까?"

"원화를 기축통화에 편입시키겠다는 것입니다. 더불어 교역 최혜국 대우를 약속했습니다."

"그자들이 정말 급했던 모양이군요."

한은총재의 대답을 들은 대통령이 쓴웃음을 지었다.

가소로운 자들.

지금까지 기축통화의 지위를 이용해서 동맹국인 대한민국을 얼마나 괴롭히고 겁박했단 말인가.

대한민국이 경제대국으로 발돋움하기 전의 경제 역사는 미국으로 인해 꼭두각시처럼 움직였던 비참함뿐이었다.

"그는 이런 말도 했습니다. 지금 미국 대통령은 격노를 하고 있답니다. 미국의 지위에 도전하는 세력들에게 피의 보복을 하겠다며 전쟁 불사까지 외친다고 합니다."

"이젠 협박인가?"

"아무래도 협박처럼 들리지 않았습니다. 오면서 국정원장에게 물었더니 미국의 항모 전단이 중국으로 향하고 있답니다. 국정원장이 아침 일찍 대통령님께 보고한다니 들어보시지요."

"이런… 미친!"

그 정도였나?

기축통화란 기득권을 내려놓는 게 전쟁마저 불사할 정도로 큰일이라고는 미처 생각하지 못했기에 한은총재의 말을 듣고 나자 망치로 머리를 얻어맞은 것처럼 충격이 몰려왔다.

하지만 잠시 생각해 보자 그럴 수도 있겠다는 생각이 들었다.

기축통화의 지위를 내려놓는다는 건 제조업이 붕괴된 미국 입장에서는 패권을 내려놓는 것과 마찬가지일 것이다.

그동안 그들은 한없이 좋은 세월을 보냈다.

기축통화란 지위를 이용해서 달러를 찍어 다른 나라가 애써 만든 물건들을 마음껏 살 수 있었으니 강물을 막아놓고 장사하던 봉이 김선달이나 다름없었다.

그런 기득권을 내려놓으라고 하니 미치기 일보 직전이겠지.

"그래서요?"

"그들은 아직도 달러의 가치가 유지될 수 있다고 믿는 것 같습니다. 이 위기만 넘기면 과거의 영광을 재현시킬 수 있다면서 연준의장은 우리에게 미국 편에 설 것을 강력히 주장했습니다."

"총재님 생각은 어떠시오?"

"저는 아니라고 생각합니다. 달러의 가치는 이미 돌이킬 수 없을 정도로 훼손된 상태입니다. 그들이 이번 위기에서 푼 게 25조 달러고 이런 상태로 지속된다면 얼마나 더 풀릴지 알 수 없습니다. 세계 각국에서 달러의 신뢰성을 더 이상 인정하지 않고 있는 건 그런 이유 때문입니다. 그들은 저 혼자만 살겠다고 무차별적으로 화폐를 찍어 뿌렸습니다. 이런 일을 자초한 건 결국 미국 그들입니다. 그래서 전 연준의장에게 아무런 대답을 하지 않았습니다."

"잘했습니다. 우린… 우리의 길을 가면 됩니다."

"한 가지 걱정은 그들이 진짜 무력 사용을 할 경우라 생각합
니다. 미국이 중국을 친다면 판이 뒤집힐 수가 있습니다."

"그리되면 공멸이겠지. 한번 두고 봅시다. 미국이 그런 배포가
있는지 지켜보는 것도 재밌겠구려."

대통령이 날카로운 눈빛으로 창밖을 향해 시선을 던졌다.

차가운 이성과 판단력이 없으면 이 난세에서 휘청이는 대한민
국을 이끌지 못한다.

더불어 배짱도 필요하고 때로는 음모와 궤계도 필요하다.

오늘의 적은 내일의 아군이며, 오늘의 아군이 내일의 적이 될
수 있으므로.

＊　　　　＊　　　　＊

스위스 바젤.

전 세계 금융의 태두, 국제결제은행이 자리 잡은 도시.

이곳에 전 세계 G50의 중앙은행장들이 모여든 것은 2021년
2월 3일이었다.

외형적 회의 주제는 '글로벌 경제위기에 대비한 공조 체제 구
축'이었으나 참여한 총재들은 이번 회의의 진짜 주제가 무엇인지
정확하게 알고 있었다.

경제가 초토화된 상황에서 국제공조는 아무런 의미조차 갖지

못했다.

바이러스가 발생했을 때 이미 전 세계 중앙은행들은 쓸 수 있는 카드들을 전부 꺼내 썼기 때문에 지금 그들이 할 수 있는 건 아무것도 없었다.

한은총재 여진성이 회의장으로 들어설 때 일은총재 구로다가 반대편에서 걸어오는 게 보였다.

눈이 마주친 순간.

습관적으로 여진성이 악수를 내밀었으나 구로다는 시선을 피한 채 등을 돌리며 빠져나갔다.

찬바람이 쌩쌩 도는 태도.

그런 구로다의 태도에 여진성은 내밀었던 손을 거둬들이며 쓴 웃음을 지었다.

일본이 식량원조를 요청한 것은 정확하게 한 달 전의 일이었다.

그 당시 한국 정부는 일본 측의 요청을 단칼에 거절했는데 대한민국도 식량에 여유가 없다는 게 그 이유였다.

하지만 속을 들여다보면 원조를 거절한 이유는 다른 데 있었다.

오늘 이때까지 일본은 언제나 대한민국을 경원하며 갖은 술수를 다 부렸다.

가까우면서 언제나 먼 나라 일본.

전 세계를 상대로 전쟁에 대한 사죄를 했음에도 유일하게 대한민국에게 만큼은 공식 사과를 거부한 나라가 바로 일본이다.

달면 삼키고 쓰면 뱉는 놈들에게 신의를 지킬 이유는 하나도 없었다.

구로다가 저리 불쾌한 표정을 지으며 자리를 뜬 것은 바로 반가운 표정으로 다가오는 UAE의 하산 때문임이 분명했다.

전 세계가 식량난에 처한 지금.

일본의 식량 지원을 거절한 지 꼭 일주일이 지났을 때 UAE로부터 식량 지원 요청이 왔었다.

UAE는 대한민국과의 신뢰를 끝까지 지키며 바이러스가 극에 달했을 때도 입국 제한 조치를 취하지 않았던 중동 유일의 국가였다.

그랬기에 최우선으로 진단키트와 각종 의료 장비를 지원해 준 적이 있었다.

의리는 의리로 갚는다.

그게 대한민국의 최근 외교정책이었다.

정부는 극비리에 쌀과 육류, 그리고 가공된 식품들을 배에 실어 직접 지원을 해줬는데 일본 측이 그 사실을 알고 공개적인 비난을 해왔다.

최근 일본 쪽에서 반한 감정이 극에 달한 건 그런 이유 때문이었다.

한국 정부와 국민들은 일본 정부와 일본인들이 지랄발광을 했지만 전혀 상대조차 하지 않았다.

어차피 지금은 혼돈의 시대고 식량과 에너지가 국가의 운명을 좌우하는 시기다.

이런 상황에서 지원해 주지 않았다고 비난하는 건 정신이 돌거나 근본적으로 철면피에 가까운 놈들이다.

*　　　　　*　　　　　*

중국의 인민은행장 주인걸이 다가온 것은 대부분의 은행장들이 회의장에 들어와 자리에 앉기 시작했을 때였다.

"오랜만이오, 그동안 잘 지내셨소?"

"세상이 어수선하니 잘 지낼 수 있겠습니까. 중국 쪽도 상황이 좋지 않아 보이던데요?"

"우리는 괜찮습니다. 워낙 치안이 확실하기 때문에 잠시의 소요에 불과할 뿐이지요."

"그렇다면 다행입니다."

"그나저나, 한국은 참 대단하더군요. 전 세계가 폭동에 시달리는데 유일하게 한국만은 안정적입니다. 예전부터 느꼈지만 정말 대단한 시민의식이오."

"별말씀을……."

여명규 총재가 쓴웃음을 지었다.

그가 말한 대로 대한민국은 대공황의 고통 속에서도 사회질서가 무너지지 않았다.

하지만 그뿐.

상당수의 기업들이 무너지고 가계가 파산했으니 국민들의 삶은 하루하루가 고통을 인내하며 사는 마당에 칭찬을 받는다는 것 자체가 불편했다.

"여 총재님, 이번 회의에서 한국은 어떤 생각을 가지고 있습니까?"

"질문의 의도를 정확히 모르겠군요."

"모르는 게 아니라 대답을 하기 싫은 모양입니다. 지금 벌어지고 있는 상황은 오랜 세월 세계를 장악했던 기축통화, 달러의 타락에서 발생된 것이요. 그러니 이제 달러를 버려야 되지 않겠소?"

"고민해 볼 문제죠. 누군가의 이득이… 노력 없는 대가를 누린 세월이 이런 현상을 만든 건 사실이니까요."

"그럼, 우리 편에 서주겠소?"

"우리 대한민국은 언제나 정의를 추구합니다. 편을 갈라 누군가와 한편이 된다는 걸 생각해 본 적이 없어요."

"말하는 걸 보니 끝까지 당신들은 미국의 시녀가 될 모양이군요."

"말조심하시오."

"왜, 내 말이 틀렸소?"

"달러가 타락해서 이런 세상이 찾아온 건 사실이지만 그 발단을 만든 건 당신들이지. 바이러스란 트리거만 없었다면 현명한 인류는 시간을 가지고 대처할 수 있었을 것이오. 그런 중국이 함부로 누군가를 탓할 수 있단 말이오!"

"이보시오, 여 총재. 상황을 똑바로 직시해야 될 거요. 이런 상황이 바이러스에 의해 발생한 건 사실이지만 그것을 중국의 탓으로 돌리는 건 옳지 않은 일이오. 중요한 건 바이러스가 아니라 금융시스템을 새롭게 개편해야 된다는 겁니다. 이번 기회가 아니면 아무런 노력 없이 공짜로 달러를 찍어서 호의호식해 온 미국의 패권을 무너뜨리지 못한다는 거 잘 알고 있지 않소. 세상은 공평해야 된단 말이오."

"당신네 중국은 마치 정의로운 국가처럼 말하는구려. 이제 돌아가시오. 회의가 시작될 것 같으니."

"나와 있는 게 두렵소? 아직도 당신은 저자의 눈치를 보며 삽니까?"

주인걸의 눈이 이제 막 들어오며 이쪽을 바라보는 미국 연준 의장을 가리켰다.

이 새끼가!

그의 말을 들은 여명규의 표정이 급격하게 굳어졌다.

웃기는 소리.

여기에 나는 대한민국의 대표로 왔고 대한민국은 과거 미국의 눈치를 보던 그 약소국이 아니다.

그랬기에 그의 입에서 나온 소리는 더없이 싸늘했다.

"나는, 그리고 우리 대한민국은 아무도 두려워하지 않습니다. 그러니 예의 없는 행동은 삼가시오."

"그래요? 그 말이 사실인지 조금 지나면 알 수 있겠지. 실례했소."

주인걸이 비웃음을 머금은 채 등을 돌려 자신의 자리로 향했다.

그는 여명규의 태도에서 대한민국이 미국의 편을 들 것이라 판단한 것 같았다.

회의가 시작되었고 국제사회에서 벌어지고 있는 폭동과 인권 유린 문제가 토의되었다.

그 후, 처참하게 무너진 세계경제를 살리기 위한 국제공조 대책이 논의되었지만 예상했던 것처럼 뾰족한 수가 나올 리 없었다.

방안이 없다는 것은 절망을 넘어 참석자들에게 분노를 생성시켰고 곧 분노의 칼날이 미국으로 향하기 시작했다.

특히, 중국과 러시아가 중심이 된 세력들의 비판은 회의장의 분위기를 싸늘하게 만들기 충분했다.

"달러를 기축통화로 사용해 왔던 신용화폐 시스템은 그 생명이 다했습니다. 미국이 달러를 무차별적으로 살포하면서 균형을 무너뜨렸고 거대하게 깔린 화폐는 국제사회 전반에 막대한 부채를 양산시켜 경제를 회생시킬 힘을 잃게 만들었소. 여러분들도 아시겠지만 우린 아무런 해결책도 내놓을 수 없는 상황까지 몰렸습니다. 그러니 우리는 저번 회의에서 논의했던 것처럼 달러를 기준으로 하는 신용화폐 시스템을 버리고 새로운 금융시스템으로의 전환을 토의해야 됩니다."

손을 번쩍 들고 의장에게 발언권을 얻은 중국의 주인걸이 공격을 시작하자 러시아를 비롯한 터키와 이란, 브라질, 독일의 중앙은행장들이 차례대로 한마디씩 하며 같은 입장을 반복했다.

어쩌면 당연한 일이다.

미국의 거대한 힘에 짓눌려 어쩔 수 없이 시스템에 순응하며 살아왔지만 지금은 상황은 그 불공평을 감내하며 살 이유가 없어졌으니 각국의 중앙은행장들이 중국 편을 드는 건 당연한 일이었다.

일본의 구로다가 마이크를 잡고 굳은 목소리로 입을 연 것은 인도의 발언이 끝나고 난 후였다.

"잠시들 진정하셨으면 좋겠습니다. 각국 총재님들의 의중이 무엇인지 충분히 이해하지만 무조건적인 비판은 바람직하지 않다는 걸 먼저 말씀드리고 싶습니다. 그동안 세계는 달러라는 화폐를 중심으로 경제를 이끌어왔고 100년에 가까운 성장을 해 왔습니다. 지금 여러분께서 말씀하신 내용은 기축통화 달러를 중심으로 성장해 왔던 상황을 근본적으로 부정하는 것입니다. 이것은 옳지 않은 일입니다. 아직도 달러는 가치를 보존한 채 세계 경제의 중심 역할을 수행 중에 있습니다. 너무 감정적으로 생각할 게 아니라 달러를 중심으로 세계경제의 회복에 집중하는 것이 중요하다고 생각합니다."

"어떻게 말이오? 지금까지 논의했으나 별다른 방법이 나오지 않았잖소. 일본은 작금의 상황이 눈에 들어오지 않는단 말이오!"

"무조건 흥분할 일이 아닙니다. 역사를 되돌아봤을 때 언제나 시련은 지나갔고 세월이 지나면 평화가 찾아왔습니다. 그동안의 질서를 무너뜨리면서 세계 각국이 불신을 한다는 건 좋은 방법이 아닙니다."

"흥, 당신들이 그동안 겪어왔던 다른 나라들의 설움을 알아? 달러, 엔, 유로 등 기축통화국들이 마음껏 화폐를 찍어내는 동안 제3국들은 당신들의 눈치를 보면서 국민들이 배를 곯는 상황에서도 겨우겨우 연명해 왔소. 우리는 다시 이런 불합리한 시스템으로 돌아가지 않을 것이오!"

러시아의 로보스키가 소리를 버럭 질렀다.

누구보다 이번 대공황에 타격을 많이 받은 나라가 러시아다.

원유가 끝 모를 추락을 하면서 식량자급률이 현저히 떨어진 러시아는 국민들 대다수가 기아에 시달리고 있는 중이었다.

그때, 조용히 있던 미국 연준의장이 천천히 입을 열었다.

"마치 이 모든 책임이 달러에 있다고 생각하는 것 같은데, 그게 정말입니까. 그렇다면 왜 지금까지 아무 말 하지 않다가 이제야 그런 소리들을 하는 겁니까. 세계는 미국을 중심으로 지금까지 호의호식하면서 잘 살아왔소. 그 중심에는 달러가 있었고 세계 각국은 미국의 도움을 받으며 경제성장을 해왔단 말이오. 이런 사실들을 잊은 거요?"

"당신들이나 호의호식했지, 우리가 언제 호의호식했어!"

연준의장의 말에 중국과 러시아를 비롯한 여러 나라 총재들이 벌 떼처럼 들고 일어섰다.

양측으로 나뉘어 고성이 오고 가는 상황.

미국 쪽에는 영원한 우방 영국과 프랑스, 호주, 캐나다, 일본 등 기축통화 국가들이 주를 이루었고 반대쪽에 선 나라는 기타 통화국들이었다.

의장을 맡고 있던 국제결제은행장이 의사봉을 거칠게 두들긴 것은 그냥 두면 몸싸움까지 일어날 기세였기 때문이었다.

"조용히 하시오. 조용히들 해주세요. 우리 지구촌은 지금 역사상 가장 커다란 위기에 직면해 있는 상태입니다. 이런 상황에서 편을 갈라 싸움을 한다는 건 가장 비겁하고 어리석은 짓입니다. 그러니 제발, 이성을 찾고 자리에 앉아주시기 바랍니다!"

의장의 거듭되는 고함 소리에 소란이 점점 가라앉기 시작했다.

감정이 격해져 소란을 피웠으나 이 자리에 모인 사람들은 세계 최고의 지성을 갖춘 중앙은행장들이었다.

의장의 말이 이어진 것은 불편한 기색으로 모든 은행장들이 입을 닫았을 때였다.

"좋습니다. 이왕 이렇게 된 거 모두의 의견을 들어볼 필요가 있다고 생각합니다. 워낙 엄중한 상황이니 우린 최선의 선택을 해야 되니까요. 그럼, 지금까지 아무런 발언을 하지 않았던 한국 총재의 말을 들어보죠."

의장이 팔짱을 낀 채 조용히 앉아 있던 여명규를 지목했다.

당연한 일이다.

세계경제 3위.

단순 GDP로 정한 순위만 아니라면 중국은 상대가 되지 않을 정도로 강력한 경제를 지닌 대한민국.

의장이 이런 상황에서 여명규를 지목한 것은 팽팽하게 맞선 양측의 세력으로 봤을 때 대한민국의 의중이 무척 중요했기 때문이었다.

"발언권을 주셨으니 대한민국의 의견을 말씀드리겠습니다."

여명규가 입을 열자 미국과 한편인 기축통화국 대표들의 얼굴에서 기대감이 물씬 흘러나왔다.

오랜 역사 동안 대한민국은 미국의 확실한 우방이었으며 각종 이권 싸움에서 언제나 미국 편을 들었기 때문이었다.

반면에 중국과 러시아 등 제3세계 대표들의 얼굴에는 불신이 가득 담겨 있었다.

그들 역시 대한민국이 미국 편을 들 것이라 예측한 게 분명했다.

"우리는 세계경제가 위험에 처한 상황에서 이 자리에 모였습니다. 저는 양측의 주장에 전부 일리가 있다고 생각합니다. 지금까지 세계는 달러를 중심으로 성장한 게 사실이고 달러의 타락으로 인해 위기에 처한 것도 사실입니다."

여명규의 서론에 양측이 전부 술렁거렸다.

단 한마디에 양쪽의 시선이 여명규의 입에 집중되었는데, 대한민국의 선택에 따라 금융시스템의 운명이 갈리는 분수령이 만들어지기 때문이다.

"여러분도 잘 아시는 것처럼 향후의 세계는 4차 산업으로 진입하게 될 것입니다. 과거 1, 2, 3차 산업의 질서가 적용될 수 없는 고도화된 산업으로의 진입이지요. 4차 산업이 본격적으로 진행된다는 의미는 신질서가 필요하다는 뜻입니다. 어떤 특정 국가들을 중심으로 움직이는 세계가 아니라 지구에 살고 있는 모든 나라들이 정의를 근간으로 하는 균형과 배분되는 질서가 필요합니다. 따라서 우리 대한민국은 지금껏 지속되어 온 달러 중심 질서에서 벗어나 새로운 금융시스템 창출이 필요하다고 생각합니다."

여명규의 말이 끝나자 중국과 러시아를 비롯한 제3세계 국가들의 총재들이 격정적인 박수를 보내왔다.

하지만 미국을 비롯한 기축통화국들의 표정은 순식간에 굳어졌다.

이것으로 모든 게 해결될 거란 생각은 하지 않았다.

기득권을 쥐고 있는 자들의 힘이 아직도 강력했으니 그들은 끝까지 버티며 어떡하든 기득권을 수호하기 위해 안간힘을 쓸 것이다.

그럼에도 대한민국이 새로운 금융시스템을 선택한 이상 판은 새롭게 짜질 수밖에 없다.

대한민국은 세계 최강국인 미국과 쌍벽을 이룰 정도의 경제력을 지녔고 최신 첨단무기 체계를 감안한다면 세계 4위란 타이틀이 무색하다는 평가를 받을 정도로 강력한 군사력을 지닌 나라다.

그런 대한민국이 달러를 배척한 이상 승부의 추는 제3세계 쪽으로 급격히 쏠리게 될 것이다.

*   *   *

세계는 점점 어두운 동굴의 터널로 빠져들어 갔다.

미국을 비롯한 기축통화국의 반대로 새로운 금융시스템에 대한 논의가 중단됨에 따라 세계경제는 점점 깊은 수렁으로 빠져들었다.

달러의 가치는 시간이 갈수록 더욱 폭락했고 기축통화인 엔화와 유로 등의 가치도 쓰레기로 변해갔다.

아무도 달러를 인정하려 하지 않았다.

계속해서 MMT를 시행하며 홍수처럼 쏟아부은 달러는 지천에 깔릴 정도로 널려 있으니 오히려 세계 각국은 자국의 통화를 더욱 귀하게 생각했다.

달러의 가치를 무너뜨린 가장 결정적 이유는 미국을 살리기 위해 연준에서 상상하지 못할 정도의 달러를 찍어낸 것과 대공황에 직면하며 식량이 절대 선인 세상으로 바뀌었기 때문이었다.

결국.

미국을 비롯해서 기축통화국이 두 손을 들고 항복을 선언한 것은 2021년 12월 제7차 G50 중앙은행장 회의였다.

원해서 한 항복이 아니었다.

기축통화란 기득권이 아무짝에도 쓸모없게 변한 상황에서 어쩔 수 없이 받아들인 선택이었다.

남은 것은 이제 하나.

어떤 방식의 새로운 금융시스템을 선택하느냐는 것뿐이었다.

제49장
푸른 내일을 향해

"잠들어 계셨던 슈퍼스타께서 어쩐 일로 소인을 보자고 하신 게요?"

"사장님 심심하실까 봐, 저녁 사드리고 싶어서요."

"헐, 정말?"

창공의 사장 김윤호가 반문을 하면서 두 눈을 반짝였다.

이병웅이 자신을 절대 그냥 불렀을 리 없기 때문이다.

그럼에도 그는 자리에 풀썩 주저앉으며 탁자에 놓여 있던 술을 들어 이병웅의 잔에 따라주었다.

그런 후 똑같은 방식으로 술을 받고 단숨에 들이켰다.

"아기는 잘 커?"

"그럼요, 밤에 놀아달라고 칭얼대는 게 탈이지만."

"크크크… 그래서 눈이 퀭하구나. 원래 애 아빠는 그런 거야."

"너무 예뻐요. 잠은 부족한데 걔 얼굴만 봐도 힘든 줄 모르겠어요."

"수인 씨 닮았으면 예쁘겠지."

"무슨 말씀을 그렇게 하세요. 저 닮아서 예쁜 겁니다."

"쳇, 알았고. 진짜 나 왜 불렀어? 그것부터 해결하고 가자."

"심심할까 봐 모셨다고 했잖아요."

"장난하지 말고."

김윤호가 다시 한번 술잔을 들이켰다.

그의 눈은 기대가 가득 차 있었는데, 이병웅의 입에서 흘러나올 이야기가 너무나 궁금한 것 같았다.

"사장님, 우리 일 한번 합시다."

"무슨 일?"

"이제 바이러스가 끝난 지 오래되었으니 콘서트를 해도 되지 않겠어요?"

"정말!"

"힘들어하는 국민들을 위로할 겸 대규모 콘서트를 했으면 하는데, 사장님 생각은 어떠세요?"

"너, 진짜지? 농담하는 거 아니지?"

"대신, 저 외에도 이 사람들을 출연시켜 주세요."

이병웅이 내민 메모지를 확인한 김윤호의 입이 떡 벌어졌다.

메모지에 담긴 이름은 대한민국 최고의 가수들이었기 때문이었다.

"돈 많이 들겠는데. 얘들은 세 곡만 불러도 간단하게 몇천만 원씩은 호가하는 애들이야. 더군다나, RK12S하고 파이브스는 돈 주고도 못 데려와."

RK12S.

일곱 명으로 구성된 보이 클럽으로 이병웅에 이어 월드 스타로 자리 잡은 인기 절정의 스타들이었다.

그들은 몇 년 전부터 월드 투어를 시작하면서 수많은 팬들을 끌어모으는 저력을 발휘했는데, 세계 10대 소녀들의 우상으로 자리 잡고 있었다.

파이브스도 마찬가지다.

다섯 명으로 구성된 걸 그룹으로 선녀 같은 외모와 칼같은 군무, 가창력까지 겸비해서 K팝의 저력을 세계에 알리는 중이었다.

"걔들 지금 국내에 있어요."

"국내에 있는 게 문제가 아니잖아. 섭외가 가능하냐와 비용이 문제지."

"어제 내가 통화했습니다. 내가 콘서트를 열 테니까 출연해 달라고 부탁했어요."

"정말!"

"출연료는 없다고 했습니다."

"에이, 그런 말도 안 되는……."

김윤호의 눈매가 날카롭게 변했다.

그들이 비록 인기 절정의 그룹들이지만 이병웅의 위치는 그들과 근본적으로 차이가 있다.

쉽게 말해서 태양과 반딧불 정도의 차이랄까.

그런 이병웅이 뭐가 아쉬워 새까만 후배들에게 전화를 할 것이며 콘서트를 할 때마다 몇백 억씩 챙기는 그룹에 공짜 출연을 제의했다는 것도 믿기지 않았다.

"힘들고 지친 국민들을 위로하는 콘서트라고 말했습니다. 물론, 저도 출연료를 받지 않는다고 말했고요."

"너도 안 받는다고?"

"사장님, 다시 말씀드리지만 이 콘서트는 돈을 벌기 위해 하는 게 아닙니다. 그러니, 거기에 적힌 사람들도 자발적으로 참여해 달라고 부탁하세요."

"야, 그럼 난 땅 파서 장사하란 말이야?"

"봉사한다고 생각하세요. 그렇다고 사장님이 손해 볼 수는 없으니까 콘서트 준비 비용과 일정 부분의 수고비는 챙길 수 있도록 해줄게요."

"어떻게?"

"방송사에게 뜯어내야죠. 그리고 제우스와 갤럭시, 이지스, 농군그룹에서 찬조금을 낼 겁니다."

"우와……."

김윤호가 입을 떡 벌렸다.

지금 이병웅이 말한 대상은 대한민국의 상징과 같은 기업들인데 그들로부터 삥땅을 치겠다니 어이가 없어 말이 나오지 않았다.

"너 미쳤구나?"

"미치긴요. 거기 홍보실에도 내가 미리 전화를 싹 돌렸습니다. 취지를 말하고 도움을 청하니까 무조건 도와주겠다고 하더군요."

"그 거짓말 진짜냐?"

"내가 뭐 하러 거짓말을 하겠습니까. 여기 그쪽 홍보실 전화번호 있으니까 이제부턴 사장님이 콘택트 하세요."

"흐으… 미치겠네."

"장소는 최대한 넓은 곳으로 하고 모인 시민들이 즐길 수 있도록 곳곳에 대형 스크린을 설치했으면 좋겠어요."

"자, 자, 정리해 보자. 콘서트의 주제는 삶에 지쳐 있는 국민들

을 위로하는 거야. 그러면 콘서트 타이틀은 '힘내라, 대한민국'이
좋겠구먼."

"역시 우리 사장님, 대단하셔."

"출연 가수들은 인기를 구분하지 않고 공짜. 대신 창공에서는
각종 설비와 진행을 담당하는데 그 비용은 방송사와 기업 찬조
금으로 충당하고?"

"그렇죠."

"그렇다면 남은 건 장소뿐이군. 혹시, 생각한 곳은 있어?"

"있습니다."

"어디?"

"광화문!"

＊　　　＊　　　＊

이병웅과 저녁 식사를 하고 돌아온 김윤호는 다음 날부터 본
격적으로 콘서트 준비팀을 가동시켰다.

그동안 대공황을 맞으며 일거리가 없어 비실대던 직원들이 갑
작스러운 지시를 받자 눈이 반짝이기 시작했다.

취지부터 출연진의 면면까지 대한민국 역사에서 길이 남을 콘
서트 규모였기 때문이었다.

뭐가 이렇게 쉬워?

각 방송국과 콘택트 한 김윤호는 돌아온 반응에 황당한 표정을 숨기지 못했다.

세 개의 공영방송국이 전부 다 참여하겠다며 각각 50억씩 중계료를 내겠다고 했기 때문이었다.

처음 생각은 세 개 중 하나만 후원해 줘도 다행이라고 생각했으나 그들은 기다렸다는 듯 쌍수를 들고 환영을 해줬다.

기업들은 더했다.

제우스와 이지스, 갤럭시, 농군그룹과 협의에 들어가자 일사천리로 일이 풀렸다.

그들은 각기 100억씩 후원 약속을 했는데, 후원금이 어디에 쓰이는지조차 묻지 않았다.

진짜 재밌는 건 일주일이 지난 후부터 발생했다.

"김윤호 사장님이 누구시죠?"

콘서트를 준비하느라 정신없이 움직일 때 사무실 문이 열리며 양복을 입은 사내들이 들어섰다.

사장실에 있었다면 비서가 안내했겠지만 직원들과 사무실에서 회의 중이었기 때문에 그런 절차가 자연스럽게 생략되었다.

"접니다만, 어떻게 오셨죠?"

"처음 뵙겠습니다. 저는 삼전 홍보실장 김윤택입니다. 사장님께서 좋은 일을 준비 중이라고 들어서 달려왔습니다. 콘서트를 준비하고 계시는 거 맞죠?"

"…그렇습니다."

"저희가 알기로 이번 콘서트가 국민들에게 희망을 주기 위해
열린다고 하던데요. 그래서 몇몇 기업에 후원금을 받은 걸로 알
고 있습니다."

"예, 맞습니다."

"그 후원금을 저희도 내겠습니다."

"예?"

"삼전은 불우한 사람들을 위해 100억을 낼 생각입니다. 그러
니, 저희도 참여하게 해주십시오."

대한민국은 참 웃기다.

삼전이 찾아오고 난 후부터 대기업들이 줄줄이 사탕처럼 찾
아와 참여하게 해달라며 사정을 했다.

그로부터 기업들에게 들어온 후원금이 모두 합쳐 1,300억에
달했다.

이런 젠장.

판이 너무 커졌다.

방송국과 이병웅이 말한 기업들로부터 받은 돈으로 콘서트를
열고 남은 건 꿀꺽할 생각이었는데, 이렇게 되면 말짱 도루묵이
다.

생각해 보라. 남들은 불우한 사람들 돕겠다고 돈을 내는데 아

무리 수고료라 해도 그 돈을 챙기면 얼마나 찝찝하겠나.

아니지, 잘못하면 무수한 사람들로부터 손가락질을 받으며 방송에 나가 잘못했다고 싹싹 빌어야 할지도 모른다.

＊　　　　　＊　　　　　＊

'힘내라, 대한민국'

연속극이 끝난 후 방송 화면에서 웅장한 음악과 함께 타이틀이 올라갔다.

김미연과 서지혜는 라면으로 저녁을 때우다가 놀란 눈으로 예고 방송에 시선을 고정시켰다.

이병웅, RK12S, 파이브스, 강도영, 문찬휘…….

어이가 없어 말이 나오지 않았다.

저 중 단 한 사람만 콘서트를 열어도 대한민국이 들썩일 텐데 그런 가수들이 전부 출연한다니 정말 기가 막히고 코가 막힌 일이었다.

"우와, 공짜란다. 끝내주네."

"장소가 광화문!"

"백수로 지내기 따분했는데 잘됐네. 이씨, 난 간다. 새벽부터 달려가서 맨 앞자리에 앉을 거야. 너도 갈 거지?"

"당연한 말씀. 회사에서 잘리고 논 지가 벌써 1년이 넘어서 온

몸에 곰팡이가 피었어. 무조건 간다."

예고 방송을 본 김미연과 서지혜가 두 주먹을 불끈 쥐었다.

대공황의 유탄을 맞아 정리해고를 당한 후 1년이 넘도록 국가에서 지원해 준 보조금으로 근근이 살아왔기 때문에 생활은 피폐해질 대로 피폐해진 상태였다.

그런 마당에 꿈속에서조차 보고 싶었던 가수들이 콘서트를 연다는 소식을 접하자 생기가 팡팡 돌았다.

"난 병웅 오빠 이름을 크게 써 갈 거야. 그러고 보니 우리 오빠 얼굴 본 지 너무 오래됐네. 그동안 뭐 하고 지냈는지 몰라."

"아기 때문에 꼼짝도 안 했잖아."

"우 씨, 그래도 얼굴은 보여줘야지. 오빠 얼굴 보고 싶어서 난리 난 애들이 얼마나 많은데!"

"그나저나 진짜 사람들 많겠다. 늦게 가면 볼 수도 없을 것 같아."

"그러니까 새벽부터 가야지."

"우리만 그러겠니. 저런 가수들 콘서트가 공짜라는데 사람들이 오죽하겠냐고."

"하긴, 그렇지. 병웅 오빠가 나온다는 게 알려지면 외국 애들도 달려올 거야. 가까운 일본이나 중국 애들은 아마 무조건

올걸?"

"쳇, 걔들은 오면 안 되지. 타이틀이 '힘내라, 대한민국'인데 오긴 어딜 와!"

"호호… 아우, 기대된다."

"난 보름 동안 진짜 열심히 다이어트할 거야."

"왜?"

"혹시 알아, RK12S의 지민하고 악수하게 될는지. 그러니까 날씬하게 하고 가야지."

"야, 걱정하지 마. 라면도 다 떨어져 간다. 뭐 먹을 게 많아야 살이 찌지. 앤 이상한 걸 걱정하네."

"그런가?"

서지혜의 핀잔에 들떠 있던 기분이 순식간에 가라앉았다.

한 달에 한 번씩 나오는 국가보조금을 거의 다 사용해서 당분간 맨밥을 먹어야 할 처지였기 때문이었다.

힘든 삶의 연속.

옛날로 돌아가고 싶었다.

사회가 정상으로 돌아가 예전처럼 직장에 다닐 수만 있다면 정말 행복할 것 같았다.

*   *   *

"정말, 난 못 가?"

"아기 보고 있어. 서현이가 엄마 없으면 자꾸 울잖아."

"힝, 나도 오빠 노래 듣고 싶은데… 서현이는 엄마가 보면 되잖아요."

"텔레비전으로 봐. 거긴 좌석도 없어서 그냥 맨바닥에 앉아야 돼."

"그냥 맨바닥에 앉으면 되지. 그러니까 제발 데려가 줘요."

콘서트 당일이 되자 황수인이 아침부터 따라다니며 징징 울었다.

콘서트에 참여하기 때문에 황수인을 돌보기 어렵다는 판단이었고 관람을 하기 위해서는 정말 아스팔트 바닥에 앉을 수밖에 없었다.

물론 특권의식을 발휘한다면 무대 옆에 의자를 마련해 줄 수 있겠지만 그러고 싶지 않았다.

국민들에게 힘을 내라고 만든 자리에서 황수인만 특별 대우를 받는다는 건 있을 수 없는 일이었다.

국민들은 저녁 7시부터 열리는 콘서트를 보기 위해 새벽부터 광화문으로 몰려들고 있었다.

서울시에서 차단하지 않았다면 어제 저녁부터 몰려들었을 것이다.

그만큼 이번 콘서트는 국민들에게 지대한 관심을 받고 있는 중이었다.

안 된다고 단칼에 잘랐으나 황수인은 계속 그의 꽁무니를 따라다니며 사정을 했다.

정말, 무척 가고 싶은 모양이었다.

하긴, 그렇기도 할 것이다.

아이를 키우느라 1년 내내 외출조차 제대로 하지 못한 상황에서 남편이 노래 부르는 모습을 보고 싶은 건 당연한 일이었다.

"여보, 나 말 잘 들을게요."

드디어, 여보 소리가 나왔다.

이건 정말 황수인이 뭔가를 간절히 원할 때나 쓰는 단어였다.

"휴우… 정말 가면 고생한단 말이야. 4월이라도 밤이 되면 추워."

"단단히 입고 갈게요."

"도대체 왜 가려고 하는 거야. 혹시 RK12S가 나와서 그래?"

"쳇, 걔들은 어린 여자애들이 좋아하죠. 내 나이가 벌써 41살 이랍니다."

"그럼 파이브스 보고 싶어?"

"아니, 난 우리 신랑 노래하는 거 보고 싶어. 수많은 사람들 앞에서 내 신랑이 멋있게 노래 부르는 거 보고 싶다고요."

"가끔 가다 집에서 노래 불러줬잖아."

"그거랑 콘서트장에서 노래 부르는 거랑 똑같나. 오빠도 생각해 봐, 내가 트레이닝복 입고 집에서 연기 연습을 하는 거하고 영화에서 멋진 의상을 입고 나오는 거하고 똑같아요?"

"어휴, 말을 말아야지."

"그러니까, 데려가 줘. 데려가 줄 거죠?"

"정말 고집 하나는 알아줘야 해. 좋아, 그럼 같이 가자."

"정말이지!"

"대신 사람들 틈에서 봐야 해. 그러면 안 되지만 맨 앞자리에 방석 놔줄 테니까 거기서 봐. 사람들한테는 미안하다고 사과하고."

"우왕, 우리 신랑 최고!"

*   *   *

파이브스의 멤버들은 광화문으로 향하면서 마음이 한껏 들떴다.

코로나바이러스가 발생하기 전 인기가 하늘로 치솟으면서 국내 공연은 거의 하지 않았고 대공황으로 인해 계획되었던 콘서트가 전부 취소되었기 때문에 텔레비전에 몇 번 출연했을 뿐 무대에서 노래를 부른 건 오랜만이었다.

출연료가 없다는 건 프로에게 있을 수 없는 일이다.

특히, 그녀들은 미국의 NBC, 영국의 BBC를 비롯해서 수많은 세계 주요 방송국에 출연했을 만큼 인기 절정인 그룹으로, 한번 콘서트를 열 때마다 최소 300억 이상의 수입을 올렸다.

그럼에도 이번 '힘내라, 대한민국' 콘서트에 참여한 것은 팀의 리더인 지수가 전설이자 우상인 이병웅으로부터 직접 전화를 받았기 때문이었다.

가수는 소속사의 스케줄에 따라 움직이지만 지수는 이병웅의 전화를 받자마자 소속사와 상의 없이 무조건 출연하겠다고 응답했다.

삼류 가수들은 소속사의 지시에 무조건 따를 수밖에 없으나 그녀들은 당당하게 자신들의 생각을 말할 수 있을 정도로 뜨거운 인기를 가졌다.

더군다나 이번 콘서트의 목적은 삶에 지친 국민들을 위로하기 위함이었으니, 스케줄이 없는 상황에서 소속사의 허락을 기다리기엔 이병웅의 제안이 너무나 매력적이었다.

국민들을 위로한다는 것.

당연히 대한민국에 터전을 가지고 있는 그녀들에게 상당히 중요한 의미를 가졌다.

그러나 지수가 단박에 제의를 받아들인 것은 이병웅과 같은 무대에 설 수 있다는 꿈같은 현실 때문이었다.

모든 가수들의 꿈.

신의 경지에 도달했다는 싱어 중의 싱어 이병웅과 같은 무대에 선다는 건 더없는 영광이자 소원이었다.

"병웅 오빠를 만날 수 있다니 정말 꿈만 같아."

"얘, 오빠가 뭐니. 그분 나이가 43살이야."

"쳇, 43살이 많은 거야?"

"많지, 안 많냐?"

지수가 인상을 쓰자 멤버들이 전부 고개를 도리도리 흔들었다.

20대 초반에 데뷔해서 벌써 6년이나 지났으니 그녀들은 전부 20대 후반으로 들어서는 중이었다.

더 큰 이유는 나이가 아니라 상대가 이병웅이기 때문이다.

모든 여인들의 사랑을 받는 남자.

결혼을 했음에도 불가사의하게 여자들은 그런 사실을 인정하지 않으며 이병웅을 사랑했다.

"그래도 난 오빠야. 난 병웅 오빠랑 꿈속에서 데이트도 했단 말이야."

"데이트?"

"응. 데이트하면서 키스도 하고… 그것도……."

"우와, 얘 봐."

현정의 대답에 나머지 멤버들이 입을 떡 벌렸다.

처음 듣는 이야기.

하지만 그녀들의 얼굴에 담긴 건 이루어질 수 없는 상황에 대한 질타보다 부러움이었다.

"어땠니?"

"뭐가?"

"그거… 했다며. 어땠냐고?"

"그냥 살살 녹았지, 호호……."

현정의 몸이 자연스럽게 꼬였다.

그녀는 상상만 해도 그때의 꿈속에서 느꼈던 감정이 새록새록 솟아나는지 얼굴마저 빨갛게 물들었다.

"이 씨, 왜 난 그런 꿈도 안 꿀까. 부러워 죽겠네."

소연이 종알거리는 걸 들으며 멤버들이 깔깔 웃었다.

비웃음도 아니라 한껏 동의하는 웃음.

그녀들은 그 웃음 속에서 이뤄질 수 없는 상상을 하고 있는 게 분명했다.

＊　　　　＊　　　　＊

이병웅이 온다는 소리를 듣자 임시 대기실에 모여 있던 가수들이 전부 자리에서 일어났다.

그냥 뜬 것만으로 10대 소녀들을 자지러지게 만든다는 RK12S 멤버들은 물론이고 국내에서 가창력이라면 손꼽히는 강도영, 문찬휘, 김범준이 모두 자리에서 일어나 이병웅을 기다렸다.

가수들이 꼽은 베스트 중의 베스트.

존경받는 가수 1순위로 언제나 손꼽히는 이병웅에 대한 존경의 표시였다.

이병웅이 들어서서 그런 가수들을 향해 악수를 청하는 걸 보며 현정이 몸을 달달 떨었다.

그녀들은 가장 안쪽에 위치하고 있었기 때문에 이병웅이 들어서서 자신들 쪽으로 차츰 다가오는 장면을 고스란히 지켜보는 중이었다.

"야, 그만 떨어."

"언니는 안 떨려?"

"왜 안 떨리겠니. 그래도 참아야지."

"우와, 거의 다 왔다."

이병웅이 눈앞으로 다가오자 지수를 비롯한 파이브스의 멤버들이 몸을 움츠렸다.

그가 다가올수록 신비한 향이 맡아졌기 때문이다.

정신을 혼미하게 만드는 냄새.

언론에서 수백 번도 넘게 보도되었던 이병웅 특유의 향기였다.

"선배님, 만나 뵙게 되어 영광이에요."

"직접 보니까 정말 예쁘네요. 방송에서 보는 것보다 훨씬 매력적이세요."

"정말요?"

"그럼요. 파이브스가 세계를 휩쓰는 건 지수 씨를 비롯해서 모든 멤버들이 각자의 매력을 가졌기 때문이에요."

"감사해요. 선배님은 옛날이나 똑같으세요. 어쩜 이렇게 한결같이 멋있으세요?"

"하하… 좋게 봐줘서 고마워요."

"정말이에요. 정말 멋있어요."

멤버들이 서로 번갈아 떠드는 걸 들으며 이병웅이 활짝 웃었다.

햇살 같은 웃음.

그 웃음은 그녀들의 심장을 쫄깃하게 만들 만큼 매력적인 것이었다.

이병웅이 등을 돌려 자신의 자리로 걸어가는 걸 보며 지수가 뒤늦게 한숨을 길게 내리쉬었다.

"휴우, 떨려서 죽는 줄 알았네."

"언니도 그랬어?"

"말도 마. 그냥 앞에 서 있기만 했을 뿐인데 다리가 후들거려서 혼났어."

"난 쓰러질 뻔했다니까."

*   *   *

언론에서는 광화문에 몰린 인파가 100만에 달한다고 추정했
다.

걸어가기 힘들 정도로 많은 인파.

새벽부터 몰려든 군중들은 콘서트가 시작되기 전부터 주최
측에서 틀어놓은 출연 가수들의 노래를 들으며 흥겨움을 감추
지 못했다.

대공황 상태에서 힘들었던 시간들을 한꺼번에 털어내기라도
하듯 사람들은 노래를 따라 부르며 춤을 췄고 얼굴에 한가득 웃
음꽃을 피웠다.

"안녕하십니까. 오늘 사회를 맡은 자칭 국민 MC 유병규입니
다. 오늘 콘서트는 대한민국의 가수들이 힘든 경제 상황을 이겨
내고 활기찬 미래를 맞이하자는 의미에서 마련한 것입니다. '힘
내라, 대한민국'이란 콘서트 제목이 오늘의 의미를 잘 대변한다고
생각됩니다. 오늘 하루, 대한민국 최고의 가수들과 마음껏 즐기
시며 힘차게 내일을 향해 달려갑시다. 그럼 먼저, 강도영 씨의 노
래를 듣겠습니다."

이병웅은 가수들이 노래하는 걸 들으며 차분하게 앉아 자신의 차례를 기다렸다.

주인공은 언제나 가장 늦게 나타나는 법.

그의 차례는 콘서트의 대미를 장식하는 가장 끝에 위치해 있었다.

그동안 이 콘서트를 준비하기 위해 김윤호는 거의 한 달 동안 정신없이 움직여, 작정한 듯 완벽한 무대를 꾸몄다.

최고의 음향 시설이 동원되었고 각종 특수 조명과 효과 장치, 군중들이 즐길 수 있도록 양쪽 건물마다 스크린을 설치해서 무대에 선 가수들의 모습이 잘 보일 수 있도록 만들었다.

대형 스크린만 50개가 설치되었으니 아낌없이 돈을 투자한 것이다.

"전부 잘 부르네요."

"최고들만 데려왔잖아, 누구 덕분에."

끊임없이 들려오는 환호성 소리.

RK12S가 무대에서 노래를 부르고 있었기 때문인지 여자들의 비명 소리가 지천을 흔들고 있었다.

칼군무.

무대에서는 K팝을 세계에 알린 RK12S의 칼군무가 펼쳐지고 있었는데, 마치 한 편의 예술영화를 보는 것처럼 완벽했다.

이윽고 RK12S의 순서가 끝나고 파이브스가 무대로 나가며 이병웅의 앞으로 다가왔다.

"선배님, 다녀오겠습니다."

"잘하세요."

굳이 인사를 하지 않아도 되었을 텐데 파이브스가 다가와 고개를 숙이고 무대로 떠나자 김윤호의 얼굴이 슬쩍 변했다.

"정말, 예쁘네. 몸매가 하나같이 완전 비너스잖아."

"침 닦으세요."

"쩝, 세계의 남자들이 전부 뻑 간다더니 명불허전이네. 도대체 문기철은 저런 애들을 어떻게 데려와서 키운 거지. 내 눈엔 하나도 안 보이던데."

"안 보인 게 다행이죠. 홀아비한테 저런 애들이 있으면 어쩔 뻔했어요."

"야! 무슨 소릴 그렇게 해. 내가 아무리 굶어도 같은 식구는 절대 안 건드린다!"

"하하… 무슨 농담을 분노로 받아들이세요. 사장님한테는 대신 제가 있잖습니까. 정 억울하시면 문기철 사장님한테 바꿔달라고 하시든가요."

"뭘?"

"파이브스를 주면 저를 보내준다고 하세요. 그러면 얼씨구 좋다 할걸요?"

"아이고, 그걸 말이라고 하니. 너야말로 왜 농담을 분노로 받아들여!"

김윤호가 펄쩍 뛰며 이병웅의 목을 잡고 흔들었다.

바꿀 걸 바꿔야지.

아무리 파이브스가 세상 남자들한테 폭발적인 인기를 끈다 해도 이병웅은 그녀들과 차원이 다른 남자였고 '창공'의 전부였다.

고혹적인 춤사위.

다섯 명이 펼쳐내는 한 편의 드라마.

화려한 의상을 입은 다섯 명의 선녀들이 무대를 휩쓸며 사람들의 시선을 사로잡았다.

파이브스가 왜 절정의 인기를 구가하는지 단박에 증명하는 무대였다.

"이제, 천천히 준비해."

"알았습니다."

"병웅아, 정말 고맙다."

"뭐가요?"

"너 때문에 이런 자리를 준비했잖아. 그동안 고생했지만 이렇게 즐겁고 가슴 뛰는 건 처음인 것 같아."

"우리, 사장님은 언제 봐도 감수성이 좋으셔."

"자, 난 철수 준비 해야 돼서 갈 테니까 잘해. 너무 사람들 울리지 말고."

김윤호가 사라지는 것을 보며 이병웅이 웃었다.

오랜 세월 같이해 온 사람이었지만 언제나 한결같이 열심히 살았고 자신의 일에 최선을 다하는 모습이 보기 좋았다.

*   *   *

"왜 안 가? 노래 끝난 지가 언젠데?"

"그러는 넌?"

강도영의 질문에 문찬휘가 반문으로 응답했다.

그들의 순서는 초반이었기 때문에 벌써 사라지는 게 정상이었는데 여전히 남아 있었던 것이다.

둘은 같은 나이였기 때문에 데뷔 후 얼마 지나지 않아 친구가 되었고 워낙 성격이 잘 맞아서 종종 만나 술을 마시는 사이였다.

"저 선배 노래를 들어보려고. 라이브는 오늘 처음 듣거든."

"어쩐지… 그래도 자존심 센 천하의 도영이가 2시간이나 기다렸단 말이야?"

"너는? 안 보여서 간 줄 알았더니 왜 남았어?"

"나도 들어보려고. 도대체 얼마나 노래를 잘하길래 모든 사람들이 빽 가는지 두 눈으로 직접 보고 싶었어."

"하긴……."

강도영이 순순히 고개를 끄덕이며 시선을 돌렸다.

자신들뿐만이 아니다.

이미 공연을 끝낸 친구들부터 방금 무대에서 내려온 파이브 스까지 이병웅이 무대에 올라가는 걸 보기 위해 목을 빼 들고 무대 주변으로 몰려들고 있었다.

"국민 여러분, 안녕하세요. 이병웅입니다."

"와아!"

단 한마디의 인사에 광화문 전체가 들썩이는 걸 보며 무대 주변에 몰려들었던 가수들이 눈을 둥그렇게 떴다.

함성 자체가 다르다.

그들이 노래 부를 때도 어마어마한 환호성이 터져 나왔지만 이병웅의 등장으로 발생한 함성은 광화문 전체를 무너뜨릴 정도의 진동을 만들어냈다.

"우리 대한민국은 오랜 세월 수많은 고난을 겪으며 살아왔습니다. 그러나 언제나 우린 그 고난과 역경을 이겨내는 저력을 보여줬습니다. 저는 이번에도 이겨낼 것이라고 생각합니다. 우리 민족의 DNA는 고난과 역경을 이겨내도록 설계되었고 단결력은 세계 최고니까요. 그렇지 않습니까!"

"맞아요!"

"우리 이겨냅시다. 그래서 다가오는 미래에는 세계 최강의 대한민국을 만들어갑시다!"

"와아!"

이병웅이 무대에 선 순간부터 한번 터진 함성의 폭탄은 멈출 줄 몰랐다.

대한민국이 배출한 불세출의 스타.

그가 던지는 메시지가 사람들의 가슴속에 불꽃같은 의지와 에너지를 만들어내고 있었다.

이윽고 이병웅이 마이크에서 몸을 돌려 놓여 있던 기타를 드는 순간.

폭발하듯 연신 터지던 함성 소리가 점점 줄어들더니 그가 다시 마이크 앞에 섰을 때 정적이 찾아왔다.

"우와, 긴장되네. 그냥 마이크 앞에 섰는데도 저 많은 군중들을 압도하잖아."

"저 선배 카리스마 봐라. 그냥 표정으로 모든 걸 말하고 있어."

강도영의 감탄에 문찬휘가 맞장구를 쳤다.

저런 카리스마는 애써 만든다 해서 흘러나오는 게 아니다.

그저 기타를 드는 것만으로 백만에 달하는 군중들을 긴장시킨다는 건 오랜 세월 불세출의 가수로 살아왔던 이병웅이기에 가능한 일이었다.

저절로 타오르는 입술.

이병웅이 기타를 들고 마이크 앞에 서는 순간 무대 주변에 몰려 있던 가수들의 표정에서 긴장감이 흘렀다.

콰광!

드럼에 이은 강력한 기타의 조화.

이병웅과 함께 10년이 넘도록 월드 투어를 다닌 그룹 '천지창조'의 강력한 사운드가 순식간에 광화문을 휩쓸었다.

바로 2년 전 빌보드차트를 15주나 휩쓸었던 빅 히트곡 '파이어포스'의 전주였다.

'파이어포스'는 강렬한 하드록으로 한 남자가 세상과 치열하게 싸워 나가는 과정을 승화했는데 슬로에서 시작되어 한 줌의 재가 되는 것처럼 폭발하는 곡이었다.

자신이 최고라 생각하는 가수들은 남을 인정하기 싫어한다.

어쩌면 당연한 일이다.

가수들은 저마다의 특징이 있고 한 분야에서 절정의 감각을 지닌 가수들은 남을 자신의 위에 올려놓고 싶어 하지 않는다.

그런 사람들 중의 하나가 강도영이었고 문찬휘였다.

하지만 그런 그들도 이병웅의 노래가 지속될수록 점점 입이 벌어졌다.

전율.

온몸을 사로잡는 떨림, 그리고 세포 하나마다 느껴지는 노래의 감동.

누군가 이병웅의 노래를 신의 경지에 올랐다고 말했지만 절대 인정하지 않았다.

그의 노래가 특별하다는 건 안다.

그럼에도 신의 경지를 인정한다는 건 노래로 한 세대를 풍미하는 그들로서는 불가능에 가까운 일이었다.

차례가 끝나고 오랜 시간을 기다린 것도 그걸 확인하기 위함이었다.

직접 그의 노래를 듣고 사람들의 판단을 비웃고 싶었다.

신의 경지에 달했다는 그의 노래를 직접 듣고 가수로서 그동안 느껴왔던 자존심의 상처를 회복하고 싶었다.

그 역시 자신과 똑같은 사람이고 가수였을 뿐이라는 사실을 말이다.

움직이지 못했다.

노래가 시작되었다는 것만 인식했을 뿐 그의 노래가 끝나는 그 순간까지 영혼은 마법에 지배된 것처럼 그의 노래에서 빠져나올 수 없었다.

노래에 실린 그의 감정, 음률, 기교를 분석해서 자신과 그가 다른 점에 대해 비교하려던 생각은 이미 사라진 지 오래였다.

인간이.

신의 영역에 오른 사람을 판단한다는 건 불경이었으므로.

제50장
그들의 선택

박민규는 자신의 전 재산을 털어 은에 투자했다.

집과 당분간 먹고사는 데 필요한 돈만 빼고 전부 투자한 것이다.

전부 합해 1억 5천만 원.

그것도 실물로 샀으니 나눠서 샀음에도 그 무게가 상당해서 옮기는 데 애를 먹었다.

그가 은을 산 이유는 너무나 간단했다.

선배로부터 JP모건이 무차별적으로 은을 매집한다는 정보를 들은 순간, 그리고 직접 COMAX창고에 들어가 그들이 보유한 은의 양을 확인한 순간 이를 악물고 결심했다.

세계 최고의 은행이 할 일이 없어 그 많은 은을 매입했을 리 없기 때문이었다.

가난한 집안에서 6남매 중 막내로 태어나 진짜 미친놈처럼 열심히 살아왔다.

하지만 그 미친 듯한 노력에도 상류사회로의 진입은 허락되지 않았다.

세상이 그렇다.

금수저를 물고 태어난 놈과 자신처럼 흙수저 출신은 출발부터 다르고 웬만한 노력과 행운이 없다면 신분이 바뀌지 않는다는 걸 불혹이 넘어서야 간신히 깨달았다.

그럼에도 자신은 성공한 케이스다.

어려운 형편에서 대학을 다녔고 하루 5시간 잠을 자며 이를 악물고 공부한 덕으로 정부 투자 기관에 취업했다.

부동산이 본격적으로 상승하기 전 집을 구할 수 있었던 것도 그가 지닌 행운 중 하나였다.

살 수 있는 집이 있고 안정적인 직장이 있으니 남들이 보면 철밥통에 안정적인 삶으로 보였을 것이다.

그러나 사람은 환경에 따라 생각이 다르고 만족도가 다르다.

그렇게 노력하며 살았음에도 겨우겨우 아이들을 가르쳤고, 정년을 앞둔 지금 모아놓은 건 2억 원이 전부였다.

진짜, 잘살고 싶었다.

아직도 가난에 찌들어 살고 있는 형과 누나들.

잘난 동생이라며 고향에 갈 때마다 칭찬하던 형과 누나들은 자식들에게 구박받으며 하루하루 힘든 생활을 하고 있었다.

마지막 승부라 생각했다.

이것이 실패하면 노후가 위험하겠지만 이대로 정년퇴직해서 모아놓은 돈을 까먹으며 살고 싶지 않았다.

맨 처음 은을 사던 3년 전의 가격은 온스당 16.5달러였다.

그랬던 은값이 코로나바이러스의 직격탄을 맞으며 12달러까지 추락해 버렸다.

모든 투자 주체들이 경제 위기를 직감하고 안전자산인 금과 은까지 팔아치우며 벌어진 현상이었다.

은값을 볼 때마다 피눈물이 났으나 이를 악물고 참았다.

괜찮아.

지금은 현금 확보에 정신이 없기 때문에 일시적으로 떨어진 것일 뿐 언젠가는 무차별적으로 살포된 화폐의 가치가 떨어지며 다시 오를 거야.

그런 생각으로 버텼다.

은값이 본격적으로 상승을 시작한 것은 미국에서 경제 재개에 실패하며 본격적으로 경제 위기가 찾아오기 시작한 후부터였다.

미국의 연준부터 세계 각국의 중앙은행은 눈 뜨고 나면 경제를 회복시킨다는 미명 아래 미친 듯 돈을 찍어냈다.

세상에 화폐가 흘러넘쳤다.

경제는 회복을 하지 못하는데 돈이 흘러넘치니 인플레이션은 치솟았고 금과 은은 그 가치가 점점 빛을 발하기 시작했다.

은값은 하루에 무려 10%씩 상승했는데 눈을 뜨고 나면 자신이 팍팍 불어났다.

그야말로 무차별적인 상승.

대공황이 본격화된 지금, 금값은 500%가 뛴 반면 은값은 1,500%가 오른 상태였다.

아내는 은값이 상승을 거듭해서 세 배가 넘는 순간부터 제발 팔자고 안달을 했으나 박민규는 생활에 필요한 양만 처분하며 끝까지 버텼다.

그리고 지금.

자산은 20억이 훌쩍 넘었다.

남들은 대공황으로 인해 실업자가 되었고 하루하루 정부가 주는 보조금으로 연명했으나 자신은 언제든지 현금으로 바꿀수 있는 은을 20억이 넘게 보유하고 있었다.

떨린다.

과연 은값은 얼마까지 갈 것인가.

정말 어이없는 일이 벌어지기 시작한 것은 서서히 현금 확보

를 해야 되겠다며 얼마를 어떻게 팔아야 할지 고민하고 있을 때
부터였다.

"아이고!"

선물시장을 확인하던 박민규가 비명을 질렀다.

온스에 300달러 하던 은값이 하루 만에 600달러까지 폭등하
고 있었다.

지금까지와는 비교조차 할 수 없는 상승률이었다.

미친 거다.

지금까지 오른 것도 기적인데 불과 하루 만에 거기서 두 배가
더 뛰어오르는 장면을 보자 자연스럽게 넋이 나가 버렸다.

하지만 그런 현상은 하루만 벌어진 게 아니었다.

*   *   *

"병웅아, 은값이 미친 것처럼 폭등하고 있어. 알고 있지?"

"재밌네. 드디어 시작했군."

"확인해 보니까 베어스턴스가 가격을 끌어올리는 주체야. 결
국 JP모건이란 뜻이지. 이 자식들, 우리가 생각한 쪽으로 진행하
는 것 같아."

"그놈들은 이런 순간을 기다려 왔을 테니까."

"미국은 결국 패권을 놓지 않을 생각이구나."

"미국이 아니라 다크쉐도우지. 지금까지 벌어진 대공황도 그놈들 짓이야. 신용화폐를 말아먹고 완벽하게 세계를 통제하려는 음모. 미국은 그자들이 내세운 꼭두각시에 불과해."

"얼마까지 올릴까?"

"금이 멈추는 순간까지."

홍철욱의 질문에 이병웅이 선문답을 던졌다.

하지만 홍철욱과 문현수는 잠시 인상을 찡그렸을 뿐 금방 눈치를 채고 입맛을 다셨다.

"금도 벌써 만 달러를 넘었어. 도대체 이놈들, 얼마까지 올릴 생각인지 모르겠네."

"그동안 미국은 물론이고 전 세계의 중앙은행들은 셀 수 없이 많은 돈을 뿌려댔다. 누군가 분석한 바에 따르면 현재의 경제 규모를 감안한다면 금값이 최소 53,000달러를 넘어야 한다더군."

"헉! 53,000달러!"

"대가리가 깨져야 끝나는 싸움이다. 미국과 우리, 일본… 중국과 러시아 등 제3세계의 국가들. 금만 가지고 있는 자들과 금과 은을 동시에 보유한 자들의 싸움이야. 지금 금값은 제3세계가 올리는 중이고 은값은 미국이 올리고 있어. 잘 봐, 두 개의 가치가 지금까지 어떻게 변했는지."

이병웅이 노트북을 펴고 프로그램을 가동시키자 화면이 변하며 차트가 떠올랐다.

거기엔 지금까지 변화된 금과 은의 가격이 각종 자료와 함께 분석되어 있었다.

"은값의 변화가 금보다 두 배 빠르군."

"빙고!"

"이게 핵심이냐?"

"저번 G50 회의에서 달러를 기축통화로 쓰던 신용화폐를 공식적으로 폐기하고 새로운 금융시스템으로 전환한다는 결정을 내렸다고 해. 언론에는 전혀 노출되지 않은 내용이지."

"그렇게 중요한 내용이 왜 세상에 알려지지 않은 거야?"

"알려지면, 새로운 붕괴가 일어날 테니까. 지금도 대공황으로 인해 하이퍼인플레이션 상태인데 그런 사실이 알려지면 세상은 아비규환으로 변할 거다. 그러니 비밀리에 전환시킬 수밖에."

"대통령이 말해줬어?"

"응. 다음번 회의에서 본격적으로 논의가 시작된다더라."

"치열하겠네."

"당연히. 자국의 운명이 달린 전쟁이니 목숨을 걸고 싸우겠지."

"이길 수 있을까?"

"이겨야 해. 만약 미국이 지게 되면 인류는 제3차 대전이란 불행을 맛보게 될 거야."

"그게 무슨… 너 무슨 농담을 그리 무섭게 해. 소름 끼치잖아."

"농담 같아?"

"그럼 농담이 아니란 말이야?"

이병웅의 표정을 확인한 친구들의 얼굴이 하얗게 변했다.

사람의 진실은 표정에서 나타난다고 했던가.

말을 끝낸 이병웅의 눈은 차분하게 가라앉아 있었는데 한 올의 웃음도 담겨 있지 않았다.

"미국이 원하는 대로 진행되지 않는다면 조만간 엄청난 사건들이 터지기 시작할 거야. 내가 판단했을 때 그 대상은 중국이 되겠군."

"중국과 전쟁을 한단 뜻이야?"

"충분히 가능한 시나리오다. 반대편의 선봉에 서 있는 놈을 때려잡아 함부로 까불면 죽는다는 걸 보여주는 게 가장 효과적인 방법이거든."

"…설마!"

"그만큼 절실하니까. 패권에서 진 국가들은 언제나 비참한 말로를 맞이했어. 로마가 그랬고 몽고가 그랬으며 근대에는 독일이 그랬지. 미국은 100년 가까이 세상의 중심에서 세계를 흔들며 살아왔던 자들이야. 그런 자들이 패권을 내어준 채 비참하게 살고 싶겠어?"

"뭐가 그렇게 억울해? 100년이나 그 짓을 했으면 이제 탐욕을 내려놓을 때도 되었잖아!"

"자유, 평등, 박애. 그런 건 탐욕에 젖은 인간들에겐 개소리에 불과한 거야. 두고 봐, 미국은 절대 패권을 내려놓지 않을 거다."

"으……."

*　　　　　*　　　　　*

한국은행장 여명규는 회의장에 들어가기전 문 옆에 준비된 테이블로 다가가 진행 요원이 주는 커피 잔을 받아 들었다.

이제 운명의 한판이 시작된다.

이제부터 시작된 G50 중앙은행 총재 회의는 국가의 운명을 좌우하는 역사상 최고의 전쟁이었고 그 모든 책임이 자신의 양 어깨에 달려 있었다.

침착하고자 노력했으나 입이 바짝바짝 마르는 것은 감출 수 없었다.

그랬기에 커피 잔을 들었다.

자신이 긴장했다는 걸 들키지 않기 위함이었다.

"여 총재님, 여기 계셨구려."

"오셨습니까?"

갑작스럽게 다가온 일본의 구로다 총재가 말을 붙이자 여명규의 표정이 슬쩍 변했다.

이놈은 지금까지 일곱 번의 회의가 벌어질 동안 소가 닭 보듯이 자신을 경원했었다.

이유?

이유야 수도 없이 많다.

대한민국과 일본은 역사적으로 결코 양립할 수 없는 적이었다.

그럼에도 가끔 이런 상황에 처할 때마다 열이 받는다.

당한 건 대한민국인데 일본은 마치 철천지원수처럼 사사건건 시비를 걸어왔다.

그때, 한번 죽여놨어야 했다.

피를 원하지 않았던 대통령의 용서가 일본의 못된 버릇을 남겨놓았으니 일본의 도발이 지속될 때마다 분하고 아쉬웠다.

만약 그때, 일본을 쳐서 무너뜨렸다면 눈앞으로 다가온 구로다가 이렇게 빙글거리며 웃을 수 있었을까?

"잠시 이야기 나눌 수 있겠습니까?"

"말씀하세요."

"여기 말고, 저쪽에서."

구로다가 눈짓으로 사람들이 없는 한적한 구석 자리를 가리켰다.

간단한 의미.

남들이 듣지 못하는 곳에서 대화를 나누고 싶다는 뜻이었다.

자신은 정치인은 아니었지만 이번 전쟁을 위해 수많은 전략가들의 도움을 받아 앞으로 벌어질 일들에 대해 시나리오를 짰다.

상황에 따라 벌어질 일들에 대한 가능성을 일일히 나열하고 그에 따른 대책을 수립한 후 이곳에 왔던 것이다.

그랬기에 그는 구로다를 따라 그가 가리킨 곳으로 걸어갔다.

"여 총재님, 대한민국은 어떤 선택을 할 생각이시오?"

"이보시오. 당신은 대화를 나누는 예의를 모르는구려. 남의 생각을 듣고 싶으면 자신의 생각을 먼저 말해야 되지 않겠소?"

"그거야… 우리 일본은 영원한 미국의 동맹이니 굳이 말할 필요도 없지요."

"대화를 하고 싶지 않은 모양이군요."

여명규가 너털웃음을 짓는 구로다를 날카롭게 노려봤다.

일본인들의 특성이 웃음 속에 비수를 담고 있는 것이라고 했던가.

이자는 본심을 숨기고 자신으로부터 뭔가를 얻어내려는 게 분명했다.

"나는 한국의 포지션에 변함이 없는가 알고 싶었던 거요. 당신네는 오랜 세월 지속되어 왔던 동맹관계를 깨고 중국 편에 섰으니까요."

"그건, 신용화폐 시스템의 수명이 다했기 때문이오. 미국과의 동맹관계가 아무리 중요해도 진실을 외면하는 건 바람직하지 않지요."

"그럼 이번에도 미국 편을 들지 않을 생각이오?"

"구로다 총재, 더 이상 할 말 없으면 들어갑시다. 당신의 궁금증은 회의가 진행되면 자연스럽게 풀릴 것이오."

"여 총재님!"

여명규가 등을 돌리자 구로다의 목소리가 급해졌다.

"솔직히 말씀드리겠습니다. 분명, 미국은 달러를 기반으로 하는 암호 화폐를 주장할 것이오. 미국의 그런 주장은 신용화폐 시스템을 연장시키자는 것과 다를 바 없는 거요. 따라서, 우리 일본은 한국이 반대를 하면 미국의 주장에 동의하지 않을 생각이오."

"미국과 가장 친한 일본이 그런 생각을 할 줄 몰랐군요."

"국제사회는 냉정하지요. 우리 일본이 그동안 미국과 보조를 맞춰온 것은 일본의 이익 때문이었을 뿐이오. 여 총재님, 국제사회에서 우정이나 신뢰 같은 게 있다고 생각하시는 건 아니겠지요?"

구로다의 대답을 들은 여명규가 빙그레 웃었다.

맞는 말이다.

자국의 이익을 위해 목숨마저 던질 위인들이 이곳 회의장에도 흘러넘쳤다.

국제사회에서 영원한 우정이나 신뢰를 말하는 건 어리석은 자들의 이상에 지나지 않는다.

역사를 보라.

역사 속에서 자국의 이익을 위해 한편이었던 국가를 정복해서 속국으로 만든 일들이 비일비재했다.

그랬기에 여명규는 빙그레 웃으며 그의 말에 대답을 해줬다.

"그렇죠. 맞는 말씀입니다. 언제까지 달러를 기축통화로 삼는다는 건 있을 수 없는 일이죠. 세계는 이제 공평한 세상에서 살아가야 합니다. 누군가 다른 나라를 힘으로 억압하는 건 옳은 일이 아니에요."

"그럼 한국도 미국의 주장에 반대할 생각이오?"

"그럴 겁니다."

구로다의 간절한 표정을 보며 여명규는 칼같이 끊어 대답을 해줬다.

그런 후 천천히 걸어 회의장으로 향했다.

자신에게 마음으로 휘두를 수 있는 칼이 있었다면 떠나는 순간 구로다의 목을 치고 싶었다.

암계를 숨긴 채 적이라 생각한 대한민국의 의중을 파악하고자 웃고 있으니 그 간계가 가소로울 뿐이다.

넌, 내가 그리 어리석게 보였느냐!

회의가 시작되자 서로가 서로를 물고 뜯는 이리들의 전쟁이 시작되었다.

살아온 날들이, 그리고 앞으로 살아갈 날들이 그들에겐 오로지 탐욕만으로 가득 차 있는 것처럼 보였다.

"지금까지 100년 동안, 미국이 한 게 뭐가 있단 말이오. 당신들은 오직 당신들의 안위만을 위해 달러를 기축통화로 만들었고 온갖 특혜를 다 누렸지 않소!"

"무슨 말을 그리하시오. 세계는 달러를 중심으로 움직이며 100년이란 세월 동안 발전을 거듭해 왔는데 이제 와서 미국을 탓한단 말이오? 못살았던 중국. 인민들이 굶어 죽던 중국이 달러를 기반으로 경제성장을 거듭해 왔던 것을 벌써 잊었습니까?"

"달러가 없어도 우리 중국은 충분히 성장했을 것이오. 그런 말도 안 되는 논리는 절대 받아들일 수 없소."

"기껏 굶어 죽을 걸 살려놨더니 하늘 모르고 기어오르는군."

"뭐라고? 당신, 말 그따위로 할 거야!"

중국인민은행장 주인걸이 의자를 박차고 일어나 삿대질하면서 소리를 질렀다.

하지만 미국의 연준의장은 조소를 흘리며 조용히 앉아 있을 뿐이었다.

흥분을 한다는 건 페이스에 말려든다는 걸 의미하는 것이었다.

국제결제은행장이 의사봉을 두드리며 양쪽을 진정시키기 위해 애를 썼다.

회의를 진행하면서 벌써 몇 차례나 의사봉을 두드렸는지 모른다.

세상이 어지러우니 최고 권위를 가진 금융 수장들의 회의장은 수시로 난장판이 되고 있었다.

과거에는 상상도 못 할 일이었지만 지금은 당연한 현상이 되고 말았으니 말세라는 표현이 더없이 잘 어울린다.

"자, 그럼 다들 진정하시고 각국의 의견을 들어보겠습니다. 이전 회의에서 이미 신용화폐의 폐기가 결정된 이상 지금부터는 차후 세계 공통으로 적용될 화폐 시스템에 대해 말씀해 주십시오. 미국 연준의장께서 손을 드셨으니 먼저 기회를 드리겠습니다."

말이 채 끝나기도 전에 연준의장이 손을 들었기 때문에 기회가 주어졌다.

아무래도 그들은 눈빛으로 사인을 주고받은 것 같았다.

"우리 미국도 지금의 신용화폐가 더 이상 정상적으로 기능하지 못한다는 걸 인정합니다. 따라서, 차후의 화폐 시스템은 블록체인을 활용한 디지털화폐를 제시하는 바입니다. 디지털화폐는 그동안 꾸준히 연구되어 왔고 몇몇 국가에서는 시행하고 있는 중이기 때문에 향후의 화폐 시스템으로 가장 좋은 방안이라 생각합니다."

"지금까지 사용해 온 디지털화폐는 정부의 보증 아래 시행되었던 국지적 화폐 시스템이었습니다. 한 나라에 한해 국지적으로 사용이 가능하지만 만국 공통으로 사용하기 어려운 단점이 있습니다."

"그건 간단하게 해결할 수 있습니다."

러시아 중앙은행 총재가 반론을 제기하자 기다렸다는 듯 연준의장이 마이크를 입으로 가져갔다.

"디지털화폐와 연동시켜 현재 기축통화들의 신용을 담보로 제공하는 것입니다."

기어코 연준의장의 입에서 예상했던 말이 튀어나오자 여기저기서 고함 소리가 터져나왔다.

그의 말은 지금까지 누려왔던 기득권을 그대로 유지하겠단 의미였기 때문이었다.

말도 안 되는 소리.

지금 이곳에 모인 많은 사람들은 100년 동안 관행으로 유지되어 왔던 기축통화의 기득권을 철폐하고 세계 모든 국가가 평등한 관계에서 경제가 재정립되기를 원하고 있었으니 연준의장의 말은 개소리에 불과했다.

영국의 중앙은행장 찰리 홀이 나선 것은 중국과 러시아를 필두로 한 많은 국가들이 전부 한마디씩 고함을 지른 후였다.

"새로운 금융시스템은 어차피 미국을 중심으로 거듭 태어나야 합니다. 세계경제에서 미국이 차지하는 비중은 무려 25%에 육박하고 있어요. 거기에 우리 영국을 비롯해서 기축통화국을 모두 합치면 50%가 훌쩍 넘습니다. 그런 국가들의 신용을 설마

하찮게 여기는 건 아니겠지요?"

"맞습니다. 우리 일본도 미국의 의견에 동의하는 바입니다. 갑작스러운 바이러스로 인해 공급망이 무너지면서 현재 세계는 대공황에 빠졌지만 그 전까지 전 세계는 기축통화국의 신용을 바탕으로 꾸준히 성장해 왔습니다. 그러니 금융 및 부동산시장의 붕괴로 부채의 상당수가 탕감된 지금, 디지털화폐로 전환한다면 세계는 신질서 속에서 새로운 성장을 만들어 나갈 수 있습니다."

가소로운 놈.

영국에 이어 나선 일본의 구로다가 입에 침을 튀기며 주장하는 걸 보며 여명규의 입꼬리가 스르륵 올라갔다.

일본인의 전형적인 모습.

아마, 놈은 대한민국이 미국의 제안을 미처 예상치 못했을 것이라 생각한 게 분명하다.

이 자식아, 뒤통수를 까려면 제대로 까. 그런 생양아치 짓 하지 말고!

"제가 한 말씀 드리겠습니다. 분명히 말씀드리지만 우리 대한민국은 디지털화폐에 기축통화국들의 신용을 담보 하는 걸 반대합니다."

여명규가 나서서 무거운 음성으로 의견을 밝히자 중국과 러시아의 수장들이 박수를 치며 반색을 했다.

현재 대한민국은 양측 사이에서 캐스팅보트를 쥐고 있는 국가였고, 그만한 힘과 능력을 지니고 있었다.

그랬으니 중국과 러시아를 비롯한 제3세계 국가들에겐 천군 만마나 다름없는 존재였다.

하지만 여명규는 그들의 얼굴을 바라보지 않고 자신이 할 이 야기를 이어나갔다.

이건 전초전에 불과하다.

그리고 미국과 기축통화국들도 자신들의 의견이 받아들여지 지 않을 것이란 걸 짐작하고 있을 것이다.

그럼에도 이렇게 무리한 짓을 하는 건 자신들의 힘을 믿고 세 계를 우롱하는 짓이었다.

"제가 누차 말씀드렸지만 미래의 경제는 이전까지와는 완전 히 다른 신경제 체제로 전환될 것입니다. 기존의 제조업은 무참 하게 사라지고 인공지능과 3차 전지가 중심이 된 신에너지 세계, 가상현실 및 우주개발이 중심이 된 4차 산업이 경제의 중심으 로 자리 잡게 될 것입니다. 이런 상황에서 기존의 경제력은 의미 가 없습니다. 또한, 우리 대한민국은 미래를 위해 전 세계가 정의 와 평등 속에서 다 함께 손잡고 나아가야 한다고 생각합니다. 따 라서 기축통화국의 신용을 담보로 한 디지털화폐 시스템은 우리 가 지향하는 미래와 맞지 않다고 생각합니다."

"4차 산업은 우리 미국이 가장 발달했소. 수많은 미래 기술들 이 개발되고 있는 중이며 그 기술들이 전 세계로 퍼져 나가 새로운 세상으로 인류를 이끌 것이오. 그런 상황인데 굳이 미국의 신용이 안 된다는 이유가 뭡니까?"

연준의장이 불쾌한 표정을 숨기지 않고 여명규를 윽박질러 왔다.

그로서는 대한민국이 계속 반대편에 선 게 더없이 아쉽고 불편했을 것이다.

"4차 산업을 선도하는 국가가 미국이라고 누가 판단했죠? 지금 이 자리에서 논쟁하고 싶지 않지만 나는 그걸 인정할 수 없군요."

"왜 그렇게 생각하시오?"

"그건… 우리 대한민국이 4차 산업 분야에서 최강국이라 생각하고 있기 때문이오."

"말도 안 되는 소리!"

"왜 말이 안 됩니까. 우리나라 갤럭시는 세계 최초로 3차 전지를 이용한 전기자동차를 보급하며 전 세계 자동차 시장의 60%를 석권했습니다. 또한, 미래 기술의 중심으로 지목되고 있는 스페이스 비전과 가상현실 분야에서 압도적인 기술력으로 세계 1위를 유지하고 있소. 자, 말해보시오. 미국이 자랑하는 미래 기술에 뭐가 있기에 4차 산업의 선도 국가를 자칭하는지 궁금하군요."

정곡을 찌르는 여명규의 발언에 연준의장의 얼굴색이 시꺼멓

게 죽었다.

그는 4차 산업의 전문가가 아니기에 세부 사항을 잘 모른다.

하지만 노출된 분야에서만큼은 세계 최고의 미래 기술이 대한민국에 있다는 걸 알기에 반론의 여지가 부족할 수밖에 없었다.

"그래서 한국은 뭘 어쩌자는 거요?"

"새로운 화폐 시스템에는 모든 국가들이 인정하는 담보물이 제공되어야 합니다. 특정 국가의 신용이 아니라 전 세계가 공통으로 인정하는 담보물 말입니다."

"예를 들면?"

"인류의 역사를 되돌아보면 근대를 제외한 모든 시대에서 금과 은은 신의 돈이라 불리며 인간들의 신뢰를 받아왔습니다. 따라서, 우리 대한민국은 금본위제나 은본위제를 제시하는 바입니다."

*   *   *

국가란 사람들이 모여 만든 공동체이며 국가는 국민들의 삶과 행복을 위해 최선의 노력을 다해야 하는 것이 기본 임무다.

G50 정상회의는 대한민국이 금본위제와 은본위제를 제시한 후 격렬한 토론을 이어나갔다.

중국과 러시아가 중심이 된 제3세계 국가들은 금본위제를 강력하게 주장했고 반면에 미국은 금은본위제를 제안했다.

금만 가지고는 현대의 통화량을 감당할 수 없다는 주장이었다.

그러나 제3세계는 필사적으로 금본위제를 주장했다.

세계에 존재하는 은량의 상당수를 미국이 가지고 있으니 금은본위제를 채택하게 되면 또다시 인류는 미국의 수중 아래 놓이기 때문이었다.

재밌는 건 기존 미국 중심의 동맹체에서 일본이 빠져나와 제3세계의 주장에 합류했다는 것이었다.

그 모습을 바라보면서 여명규는 쓴웃음을 지었다.

역시 일본이다.

그들이 미국의 꽁무니를 쫓는 시늉을 한 건 디지털화폐에서 기축통화국의 신용이 담보물로 제공된다는 방안이 성립될 때까지였다.

일본의 배신은 당연한 일이었다.

은을 확보하지 못한 일본은 오직 금만 가지고 있었기 때문에 금은본위제로 흘러갈 경우 엄청난 손해를 입을 수밖에 없었다.

회의는 다시 난장판으로 변했다.

금본위제와 금은본위제.

둘 중 어떤 것을 선택하느냐에 따라 국가의 운명이 결정되는 상황이니 양측은 한 치의 양보도 하지 않은 채 각자의 주장을 거듭 떠들 뿐이었다.

* * *

국방장관이 급하게 청와대로 뛰어들어 온 건 G50 회의가 끝난 지 꼭 일주일이 지난 후였다.

그는 땀을 삘삘 흘렸는데, 얼굴마저 잔뜩 상기되어 100m를 전력으로 뛰어온 사람처럼 보였다.

"대통령님, 방금 대만이 공식적으로 독립을 선포했습니다. 미국과 서방세계가 즉각 그를 인정하면서 중국이 격렬하게 반발하고 있습니다."

"결국 올 게 온 건가?"

"아무래도 사전에 계획이 된 것 같습니다."

중국과 대만 간의 관계를 나타내는 일반적인 표현은 양안 관계(兩岸關係, Cross—Strait relations)였다.

대만해협을 사이에 두고 서안의 중국 대륙과 동안의 대만이 마주 보고 있다는 뜻으로, 중국은 대만이 자국의 '핵심 이익'임을 천명하며 '하나의 중국' 원칙을 준수할 것을 강조하고 있었다.

한편, 미국에게 대만은 '가라앉지 않는 항공모함(Unsinkable aircraft carrier)'으로서의 가치를 가지며 중국을 압박하는 중요

수단으로서의 역할을 해왔는데, 현재 벌어지는 상황은 새파란 칼날이 꺼내졌다는 걸 의미했다.

"미국의 미드웨이전단이 대만해협으로 이동하고 있습니다. 정보에 따르면 태평양에서 머물던 워싱턴전단까지 출발했다는 소식입니다."

"으⋯⋯."

대통령의 표정이 급격하게 굳어졌다.

이것 역시 예상 시나리오 중 하나였지만 결코 일어나지 않길 바라던 것이었다.

한은총재가 회의에 다녀온 후 보고를 받았지만 이렇게 빨리 일이 진행될 거라고는 전혀 예상하지 못했기에 뒤통수를 한 대 맞은 기분이었다.

"우리나라와 필리핀, 일본에 주둔하고 있는 미군기지가 전부 비상 체계에 돌입했습니다. 아무래도 이자들이 일을 크게 벌일 생각인 것 같습니다."

"미국 쪽에서 연락은?"

"아직 없습니다. 하지만 곧 올 것으로 추측됩니다."

"미국이⋯ 그 정도로 다급했나?"

"대통령님, 어차피 예상했던 일입니다. 준비해 둔 시나리오대로 움직이겠습니다."

"그렇게 해야 되겠죠."

국방장관이 입술을 굳게 깨물자 대통령이 천천히 고개를 끄덕였다.

어쩔 수 없는 일.

미국은 또한 얼마나 많은 고민 끝에 이런 상황을 결정했을까.

분명 그들의 결정 뒤에는 끝내 버릴 수 없었던 탐욕이 자리하고 있었을 것이다.

*　　　　*　　　　*

대공황 속에서 맞이한 전운에 전 세계가 긴장 속에 빠져들었다.

미국은 그들이 보유한 항모 전단 중 세 개를 대만해협으로 파견했고, 중국을 포위하는 것처럼 배치했던 대한민국과 필리핀, 일본 기지의 전 병력을 출동시키는 강수를 꺼내 들었다.

무너진 경제 시스템으로 인해 경제제재가 이뤄질 수 없는 상황에서 어쩌면 이런 조치는 당연한 일이었는지 모른다.

패권에 도전하며 끝없이 새로운 금융시스템을 요구하는 중국을 응징하지 않는 한 미국의 패권 유지는 어려울 수밖에 없었다.

"돌아버리겠네. 이 새끼들 미친 거 아냐?"

홍철욱이 버럭 소리를 지르자 좌중에 앉아 있던 사람들의 시선이 한곳으로 모였다.

텔레비전에서는 화면이 바뀌며 웅장한 항모 전단의 모습과 미국이 자랑하는 최신예 전투기 랩터—24가 하늘을 장악한 채 날아가는 게 보였다.

랩터—24는 작년에 실전 배치 된 강화 스텔스 전투기로 무적을 자랑했던 랩터—22의 후속 모델이었다.

죽어라, 죽어라 한다.

가뜩이나 대공황으로 인해 피폐해진 세계경제에 거대 국가의 패권 싸움은 기름에 불을 붙인 것이나 다름없었다.

"병웅 씨, 뭐라고 말 좀 해봐. 이걸 도대체 어떻게 해석해야 돼?"

"당연한 결과였어요. 미국이 그냥 앉아서 패권을 내려놓을 리 없으니까요."

"도대체, 난 이해가 안 돼. 미국은 최대 금보유국이야. 금본위제로 바뀌어도 충분히 패권을 쥘 수 있잖아?"

"미국은 최대 금보유국이 아닙니다."

"그들에게 금이 없단 뜻이야?"

"아뇨, 통계상으로 미국이 보유한 금은 8,200톤이고 난 그들이 금을 보유하고 있을 거라 믿어요."

"그럼 뭐야? 진짜 금을 가지고 있다면 왜 저런 짓을 해. 전쟁이 벌어지면 공멸을 할 수밖에 없다는 거 잘 알면서?"

"확실한 우위를 확보해야 되니까요. 금의 양으로만 따지면 미국은 절대 중국이나 인도, 러시아를 이기지 못하거든요."

"그건 또 무슨 소리야?"

"중국이나 인도, 러시아 등은 자국의 금 보유 통계를 속여왔어요. 특히 중국이나 인도는 통계로 나온 것보다 훨씬 많은 금을 보유하고 있는 것으로 추측됩니다. 그들 중앙은행은 이런 상황이 올 거라 예측하고 금의 보유량을 속여왔거든요. 더군다나, 중국과 인도는 미국보다 훨씬 많은 금을 보유하고 있어요. 그들의 문화는 역사 이래로 항상 금과 함께해 왔으니까."

"국민들?"

"그렇죠. 지금 데이터 통계에는 그들 국민들이 가지고 있는 금이 빠져 있어요. 중국이나 인도는 국민들이 지닌 금을 회수할 경우 막대한 골드바를 만들어낼 수 있을 겁니다."

"하아… 환장하겠네. 그래서 그자들이 그렇게 미친놈처럼 금본위제를 외쳤던 거구나."

이병웅의 말을 들은 정설아가 한숨을 길게 내리쉬었다.

대한민국도 금과 무척 친한 국가였다.

과거 IMF 전까지는.

하지만 지금 국민들은 금을 가지고 있지 않았다.

정부가 애국심에 호소하며 국민들이 지닌 금을 전부 강탈해서 대기업을 살리느라 써버렸으니까.

"미국은 중국과 우리나라에 절묘한 제안을 해왔어요. 바로 기축통화국에 포함시켜 디지털화폐에 신용을 제공하는 달콤한 제안 말입니다. 그러나 중국은 미국의 제안을 받아들이지 않았어요. 금본위제를 통해 세계의 패권을 쥐겠다는 야심이 있었기 때문입니다."

"우리는, 우리는 어쨌는데?"

"우리도 받아들이지 않았습니다."

"왜? 기축통화국이 되면 지금과는 천양지차의 이득이 있을 텐데 왜 거부했지?"

"우리도 중국과 같은 이유가 있었기 때문입니다."

"하아… 지금 그 말은 우리나라도 패권을 노리고 있단 뜻이야?"

"미국이나 중국은 하는데 우리가 못 할 이유가 있나요?"

이병웅의 대답에 좌중에 있던 사람들이 전부 입을 떡 벌렸다.

대한민국이 최근 10년 동안 무지막지한 발전을 해온 건 세상 사람들이 전부 아는 일이다.

그럼에도 미국과 중국을 제치고 패권국가가 될 것이라 예상한 사람은 아무도 없었다.

근본적으로 인구가 적다.

더군다나 남북으로 갈라진 상태였으니 대한민국이 패권국가로 자리 잡는 건 불가능에 가까운 일이었다.

그럼에도 이병웅은 태연하게 대한민국의 패권을 말하고 있었다.

"가슴속에 들어 있는 구렁이 좀 치우고 말하자. 언제까지 그런 선문답으로 우릴 답답하게 만들 거야?"

"미안. 하지만 지금은 말해줄 수 없어. 국가의 중요 기밀을 미리 말하면 안 되잖아. 세상이 이렇게 어지러운데."

"이런 쌍⋯⋯."

홍철욱과 문현수가 동시에 입술을 오리 주둥이처럼 내밀었다.

말해주지 않을 거면서 화두만 던져놓는다는 건 답답해서 죽으라는 뜻이기 때문이다.

정설아가 중간에서 끼어든 건 친구들이 포기한 채 등을 의자에 기댔을 때였다.

포기가 빠르다.

아무리 친구 사이였지만 대통령과 국가 중대사를 결정하는 이병웅에게서 국가 기밀을 굳이 말하라고 윽박지르기엔 사안이 너무 컸다.

"병웅 씨, 미국이 중국을 무릎 꿇게 만들기 위해서는 분명 어느 정도의 무력시위가 있을 거야. 중국의 태도에 따라 전면전으로 치달을 수도 있고. 그리되면 미국이 우리도 참전해 달라고 하지 않을까?"

"그렇겠죠."

"지금 러시아를 비롯해서 이란과 인도, 터키, 헝가리 등은 미국을 맹비난하고 있어. 이러다가 잘못하면 3차 대전이 일어날 거야."

"3차 대전은 일어나지 않습니다."

"왜?"

"근본적으로 핵무기를 제외한다면 그들 국가 전부가 덤벼도 미국의 상대가 안 되기 때문이죠."

"미국이 그 정도로 세나?"

"세죠. 무지막지할 정도로."

"그렇다면 병웅 씨는 우리도 미국의 요청을 받으면 참전해야 된다고 생각해?"

"그건 대통령이 현명하게 결정할 겁니다."

*　　　　*　　　　*

미국 대통령의 전화 통화 요청을 받은 청와대는 비상이 걸렸다.

그가 전화를 해온 건 뻔한 이유다.

중국과의 긴장감을 한껏 높이면서 격렬하게 입씨름을 하고 있는 와중에 전화를 해왔다는 건 오직 한 가지 이유뿐이었다.

"대통령님, 연결되었습니다."

비서실장이 화면을 켜자 미국 대통령의 얼굴이 나타났다.

그의 뒤로는 국방장관을 비롯한 행정부의 수장들과 주요 인사들이 포진되어 있었는데, 그건 이쪽도 마찬가지였다.

"오랜만입니다, 대통령님."

"반갑습니다. 워낙 세계경제가 힘들어서 오랫동안 제대로 통화조차 못 했군요. 그동안 잘 지내셨습니까?"

"저 역시 경제를 살리기 위해 안간힘을 쓰고 있는 중입니다. 우리 대한민국은 수출국이기 때문에 다른 나라보다 훨씬 커다란 타격을 받았죠."

"그럼에도 한국은 가장 안정된 사회질서를 유지하고 있잖습니까. 저는 그런 면이 상당히 부럽습니다."

그렇기도 할 것이다.

대공황에 접어들며 미국은 흑인들과 남미계가 주축이 되어 여기저기서 폭동을 일으키고 있는 중이었다.

거의 반전시 상황.

주방위군이 시내에 진주해서 질서를 통제하고 있었지만 폭동은 거의 매일 벌어지고 있었다.

"저도 미국의 상황을 언론매체를 통해 지켜보고 있습니다. 하지만, 대통령님과 정부가 건재하니 곧 정상으로 돌아올 것이라 생각합니다."

"고맙습니다. 제가 오늘 통화 요청을 한 건 다름이 아니라……"

미국 대통령이 잠시 말을 끊고 옆에 놓여 있던 물잔을 들어

입을 축였다.

그만큼 다음 이야기가 중요하다는 뜻이다.

"저는 최근 미합중국의 대통령으로서 한국의 처신에 상당한 아쉬움을 느꼈습니다. 중요한 회의 때마다 한국이 영원한 우방인 미국과 대척점에 섰다는 걸 대통령님도 잘 아실 겁니다."

"오해를 하고 계시는 것 같군요."

"뭘 말입니까?"

"저희 대한민국은 방금 말씀하신 것처럼 미국의 영원한 우방이자 동맹국입니다. 그런 대한민국이 미국을 배척할 리 없지요."

"그럼 지금까지 해온 행동은 어떻게 해석해야 됩니까?"

"저희 대한민국은 미국의 동맹이자 자주 주권국가입니다. 미리 말씀드리지만 현재의 신용화폐 시스템은 이미 망가질 대로 망가졌고 기축통화국의 신용을 담보로 디지털화폐를 생산하는 것은 또 다른 신용화폐 시스템에 불과할 뿐입니다. 그건 대통령님도 잘 아실 텐데요."

"신용화폐 시스템에 문제가 있다는 건 인정합니다."

"그랬기에 반대한 겁니다. 세계는 새로운 미래 속에서 희망을 찾아야 되니까요."

여기서 화폐 시스템을 가지고 토론을 해봐야 답이 나오지 않는다.

그리고 미국 또한 신용화폐 시스템에 대해서는 이미 포기한 상태였으니 더 이상 거론할 이야기도 아니었다.

그럼에도 미국 대통령은 끝까지 압박을 포기하지 않았다.

"우린 한국을 기축통화국에 포함시키는 특혜를 주고자 했소. 그런데도 반대를 했을 땐 다른 이유가 있는 것 아닙니까?"

"어떤 이유 말입니까?"

"중국과 한편에 서려는 거겠죠. 그동안 한국인들은 뿌리 깊은 반미 감정을 가졌으니 나는 이 기회에 한국이 우리와 절연하려는 거라 생각했습니다."

"그럴 리가요. 누누이 말씀드렸다시피 대한민국은 미국의 영원한 우방입니다."

"그렇다면 증거를 보여주시오."

지금까지는 서론에 불과하다.

진짜 본론을 꺼내기 위해 압박 전술을 펼쳤을 뿐이다.

그랬기에 대통령은 자세를 고쳐 잡고 천천히 입을 열었다.

"어떻게 말입니까?"

"우리 미국은 최근 세계평화에 도전하며 사사건건 시비를 걸어온 중국을 응징할 생각입니다. 현재 세 개의 항모 전단이 대만해협으로 진출했고 주변 주둔 기지의 전 병력이 출동 준비를 완료한 상태입니다. 아마 언론을 통해 충분히 보셨을 겁니다."

"예, 저희도 작금의 상황을 우려 깊게 지켜보는 중입니다."

세계의 평화에 도전해?

웃기는 소리.

미국에 대한 도전을 참 우아한 말로 포장해서 잘도 지껄인다.

"따라서, 저는 미국 대통령으로서 미국의 영원한 동맹인 한국이 이번 전쟁에 참전해 주시길 정중하게 요청하는 바입니다."

결국 듣고 싶지 않은 말이 튀어나왔다.

미국 대통령은 미국을 위해 대한민국을 총알받이로 만들 심산이다.

하지만 넌 잘못 짚었어.

대한민국은 과거 너희들을 위해 총대를 메며 왈왈 짖던 개가 더 이상 아니다.

"대통령님, 아시는 것처럼 우리 대한민국은 중국과 가까운 곳에 위치하고 있습니다."

"그래서요?"

"전쟁이 벌어지면 지리적으로 가까운 한반도는 불바다로 변하게 될 것입니다. 나는 대한민국의 대통령으로서 한반도가 전쟁에 휩쓸리는 걸 원하지 않습니다."

"영국을 비롯해서 중국과 가까운 일본 역시 참전하겠다는 의사를 밝혀왔습니다. 그런 마당에 대한민국만 쏙 빠지겠다는 겁니까?"

"한 가지 묻겠습니다."

"뭘 말이오?"

"미국은 일본이 진정한 우방이라고 생각하는 건가요?"

"그들은 참전 의사를……."

"일본은, 저번 G50 회의에서 미국이 주장하는 금본위제를 강력하게 반대했습니다. 그런데도 우방이라 생각하시는 겁니까?"

"…그것과 참전은 별개의 일이라 생각합니다."

대통령이 정곡을 찌르자 미국 대통령의 얼굴이 슬쩍 변했다.

새로운 화폐 시스템의 결정에서 일본의 배신은 등 뒤에서 비수를 꽂은 것처럼 아팠기 때문이었다.

"우리 대한민국은 신용화폐 시스템에 반대했을 뿐 새로운 화폐 시스템에 대해서는 지금까지 한 번도 의견을 개진한 적 없습니다. 알고 계시죠?"

"음… 그래서요?"

"나는 이번 전쟁의 근본적인 이유가 미국의 패권 유지라고 생각합니다. 물론 그동안 중국이 해왔던 불경과 비도덕성에 대한 응징도 있겠지만 근본적인 이유는 바로 그것 아닌가요?"

"대통령님, 미국은 세계평화를 사랑하는 국가입니다. 방금 말씀은 듣기 거북하군요."

"다시 말씀드리지만 저희 대한민국은 참천하지 않겠습니다. 대신, 그보다 훨씬 커다란 선물을 드리겠습니다."

"선물?"

"미국이 주장하는 금은본위제를 다음 회의 때 강력하게 지지하겠습니다. 팽팽한 구도 속에서 대한민국이 미국을 지지하게 되면 미래의 화폐 시스템은 금은본위제로 결정될 것입니다. 어떠십니까, 이 정도 선물이라면 괜찮지 않을까요?"

"크흠… 대통령님, 잠시만……."

말이 끝나자 미국 대통령이 화면을 끄면서 사라졌다.

그런 후 얼마 지나지 않아 다시 화면이 들어오며 미국 대통령이 모습이 나타났다.

뻔한 일.

그는 대통령의 제안에 대해 참모들과 상의를 했던 게 분명했다.

"대통령님, 그 약속 정말 지켜주실 수 있겠습니까?"

"대한민국의 명예를 걸지요."

"좋습니다. 그렇다면 한국의 참전 요청은 없었던 것으로 하지요. 대신, 그 약속은 반드시 지켜주십시오."

만면에 띤 웃음.

미국 대통령은 목에 걸려 있던 가시를 뺀 것처럼 개운한 표정을 지으며 사라졌는데 의외의 성과가 무척이나 기쁜 것 같았다.

막강한 힘을 지닌 대한민국이 미국의 손을 들어준다면 승부는 결정된 것이나 다름없었다.

그건 대통령도 마찬가지였다.

이병웅이 만든 시나리오대로 움직인 것이 이런 결과를 만들어냈으니 더없이 기뻤다.

대한민국은 그동안 금은본위제에 대비해서 오랜 시간 준비해왔으나 G50 회의 때 입도 벙긋하지 않았다.

미국을 비롯해서 영국과 이스라엘, 캐나다, 호주 등이 금은본위제를 지지해 달라며 수시로 접촉해 왔으나 한 번도 긍정적인 대답을 하지 않았던 것이다.

워낙 긴장한 상태였기에 통화가 끝나자 대통령의 입에서 웃음과 한숨이 동시에 흘러나왔다.

"정말, 다행이오. 진짜 이 카드가 먹힐 줄이야… 허허, 허허허……."

"어차피 그들이 원하는 건 그것이었습니다."

"자, 이젠 어떻게 될 것 같습니까. 우리한테 큰 걸 얻어냈는데 미국이 계속 중국을 압박할까요?"

경제수석의 대답을 들은 대통령이 국방장관을 향해 고개를 돌리며 물었다.

그러자 국방장관이 지체 없이 입을 열었다.

"전쟁은 벌어질 겁니다. 최소, 현재 급파된 중국의 항모 전단과 구축함 정도는 괴멸시킨 후 상하이를 압박하려는 게 미국의 전술입니다. 중국은 해군이 격파되고 상하이가 포위되면 항복을 할 수밖에 없습니다."

"왜 그렇게까지 한단 말입니까. 어차피 금은본위제로 가면 자연스레 패권을 쥘 수 있을 텐데요?"

"현재도 미래도 중국은 미국의 패권에 도전할 수 있는 가장 강력한 국가입니다. 따라서 그들은 이번 기회에 완벽한 굴복을 얻어낼 것입니다."

*　　　　*　　　　*

여론전.

팽팽하게 항모 전단이 대치한 상황에서 미국과 중국은 격렬하게 상대를 비난하며 세계 여론을 자신들에게 유리한 쪽으로 만들기 위해 애를 썼다.

기득권층과 기득권을 인정하지 않으려는 자들의 승부.

그동안 미국의 압박에 시달렸던 터키와 이란을 비롯한 중동 국가, 아르헨티나, 인도 등이 중국 편에 섰고 미국 측에는 형제국인 영국과 일본, 대만, 이스라엘 등이 따라붙었다.

재밌는 건 유럽의 반응이었다.

유럽 쪽은 영국만 확실하게 미국 쪽에 붙었을 뿐 나머지는 한 발 물러난 채 침묵으로 양측의 싸움을 방관하는 중이었다.

그사이 은값은 가히 폭발이란 단어가 어울릴 정도로 상승을 거듭했다.

미국 선물시장에서 은값은 하루에 100~200%까지 상승하고 있었는데, 벌써 온스당 3,000달러가 훌쩍 넘은 상태였다.

금값이 18,000달러였으니 금은비는 6:1까지 떨어졌는데, 이 추세로 계속 진행된다면 결국 1:1까지 갈 것으로 예상되었다.

당연한 일.

미국은 자신들이 보유한 은값을 금값과 동일하게 끌어올려 무슨 수를 쓰든 금은본위제로 관철할 것이다.

얼마나 황당한 일인가.

이렇게 진행될 걸 알면서 JP모건을 통해 전 세계 절반에 해당하는 은을 매집했으니 미국이란 나라의 횡포를 누가 막을 수 있단 말인가.

그나마 다행인 것은 이병웅이 미국의 전략을 눈치채고 무려 3억 5천만 온스의 은을 확보했다는 것이었다.

비록 미국의 절반에도 미치지 못하는 양이었으나 단기간 내 준비한 것치고는 상당한 양이었다.

정부가 나서서 매입한 양은 5천만 온스에 불과하고 나머지는 제우스가 비밀리에 끌어모았다.

그랬기에 다른 나라들은 대한민국의 금은 보유량이 정확하게 얼마나 있는지 알지 못한다.

아니, 모른다기보다 과소평가하고 있다는 것이 맞는 말이다.

공식적으로 대한민국의 금 보유량은 800톤에 불과했고 은은 5천만 온스였으니, G50 회의에서 중립을 지킨 걸 전혀 의심하지 않았다.

미국과 중국의 전투는 아주 사소한 일에서 시작되었다.

대만 초속정이 영해를 순찰하는 와중에 중국의 구축함으로부터 사격을 받아 침몰한 것이 도화선이었다.

대만 해군의 본진이 공격해 온 구축함을 집중 포격 하면서 본격적인 전투가 벌어졌는데, 미국이 자랑하는 항모 전단이 전투에 가세한 것은 늦은 오후 무렵부터였다.

"긴급 속보입니다. 현재, 중국과 미국의 함선들이 전투를 벌이고 있는 중입니다. 전투 중인 함선들은 중국 함대와 미국의 위싱턴 함모 전단, 그리고 대만 함대인 것으로 알려져 있습니다. 다시 말씀드립니다. 오늘 오후 3시 무렵부터 미국과 중국의 함선들이 대규모 전투를 벌이고 있는 중입니다. 그럼 여기서 군사전문가인 이강영 박사를 모시고 이번 상황에 대해서 이야기 나눠보겠습니다……."

미친 듯이 올라오는 기사들.

일본의 자위 함대와 영국의 함대들이 대만해협을 향해 출발했다는 정보가 쏟아졌고 곧이어 러시아와 터키, 인도의 함대들이 이동 중이라는 뉴스가 도배되었다.

세계 3차 대전이 눈앞으로 다가온 상황.

만약 주요 국가들의 함대가 대만해협에 도착해서 본격적인 전투를 벌이게 된다면 세계는 전쟁의 포연 속에 휩싸이게 될 것이다.

"병웅아, 왜 우리는 아무런 움직임이 없지? 일본의 함대가 제주도를 통과해서 서진 중이란 뉴스가 떴어."

"우리는 참전하지 않는다."

"정말이야?"

"대통령께서 미국 대통령에게 양해를 얻어냈어."

"말로 때웠다고?"

"응."

"지금 장난해? 이게 말로 때울 상황이냐?"

"참전 대신 미국에게 그에 상응하는 선물을 줬다. 그 정도만 알고 있어."

이병웅의 대답에 홍철욱과 문현수가 어이없다는 표정을 숨기지 못했다.

참전에 상응하는 대가?

그게 도대체 뭐길래 미국이 수긍했단 말인가.

"답답해 미치겠네. 뭐냐, 참전 대신 전비를 전부 댄다는 건 아니겠지?"

"알려고 하지 마. 다쳐."

"이 자식아!"

두 놈이 동시에 소리를 지르는 바람에 과일을 깎아서 다가오던 황수인이 깜짝 놀라며 걸음을 멈췄다.

"왜 그러세요?"

"하하… 아무것도 아닙니다. 저한테 주세요."

급히 정신을 차린 홍철욱이 황수인이 가져온 과일 접시를 받아 들었다.

멈칫거리던 황수인이 눈치를 보면서 걸음을 돌린 것은 거실의 분위기가 심상치 않았기 때문이었다.

방해하고 싶지 않았다.

이병웅의 친구들인 홍철욱과 문현수는 북미 지역과 중국을 관리하는 제우스의 최고 CEO들이었다.

도대체 어떻게 그런 친구들을 뒀는지 알 수 없었으나 그들은 집에 모일 때마다 심각한 얼굴로 알아듣지 못하는 대화를 나누는 바람에 쉽게 끼어들기 힘들었다.

문현수가 다시 입을 연 건 황수인이 아이가 있는 방으로 사라졌을 때였다.

"혹시, 은값과 상관있는 거냐?"

"대충."

"금은비가 6:1 이하로 떨어졌어. 이건 미국 측에서 고의적으로 올리고 있는 거야. 그렇다면 금은본위제를 하겠다는 뜻인데… 맞아?"

참 훌륭하다.

국가에서 벌어지고 있는 일들, 대통령과 모든 시나리오에 대해 상의를 한 이후부터 친구들에게 그와 관련된 일들을 가급적 노출시키지 않기 위해 노력했다.

하지만 친구 놈들은 금융계에서 산전수전 다 겪은 베테랑들이었고, 향후의 화폐 시스템이 어떻게 흘러갈지 예상하고 있었기에 이병웅의 간단한 답변에 정곡을 찌르고 들어왔다.

"현수야 그리고 철욱아, 우리가 알고 있는 건 국가 기밀에 속하는 것들이야. 지금 진행되고 있는 상황들은 향후 100년의 미래가 달려 있는 것들뿐이다. 만약, 조금이라도 잘못되면 대한민국은 패권을 차지할 수 없어. 그러니 궁금하더라도 잠시만 참아."

"이런… 신발끈!"

"좋아, 그건 더 이상 안 물어볼게. 하지만 아무리 좋은 계획이 있다 해도 3차 대전이 벌어져 세계가 쑥대밭이 되면 무슨 소용이 있겠어. 지금 벌어지는 일들을 봐. 저 미친놈들을 보라고!"

"다시 말하지만 3차 대전은 일어나지 않는다. 이번 전쟁은 미국의 힘을 재확인하는 행사에 불과할 뿐이야. 이 전쟁, 단시일 안에 끝난다."

"네가 그걸 어떻게 알아?"

"그거야 두고 보면 알겠지."

$*$ $*$ $*$

중국의 주석궁.

주석궁에는 주석을 비롯해서 수많은 각료들이 초조한 심정으로 상황을 지켜보고 있는 중이었다.

현재 전국 각지에서는 대륙 간 탄도미사일 '동풍'이 미국 본토를 겨냥한 채 발사 준비를 마친 상태였다.

어떤 일이 있어도 항복하지 않는다.

경제 전쟁이 벌어졌을 땐 수많은 기업들이 파산하고 인민들이 배를 곯는 통에 미국의 요구를 들어주며 후퇴했으나 실제 전쟁이 벌어진 이상 중국 인민 전체가 소멸한다 해도 끝까지 가볼 생각이었다.

물론 그 이면에는 얼마간의 자신감이 있었다.

미국을 제외하면 군사 최강국인 러시아가 협력을 약속했고 10개국이 중국과 함께하기로 맹약했으니 충분히 해볼 만한 전쟁이었다.

그리고 중국을 비롯해서 러시아와 인도 등의 동맹국이 핵무기를 다량으로 보유한 이상 마지막 순간에는 같이 죽는 선택을 할 수도 있었다.

더군다나 미국 측에는 강력한 군사력을 지닌 한국이 빠졌다.

사전에 긴밀한 협조를 통해 한국 대통령으로부터 전쟁에 참전하지 않겠다는 약속을 받았기 때문에 자신감이 더욱 충만해졌다.

개새끼들.

어디 해봐.

지금까지 너희들의 달러를 기축통화로 만들어 온갖 특혜를 누렸으나 더 이상은 절대 안 돼.

남북전쟁 이래 본토가 한 번도 공격당한 적이 없다고 했지?

이번엔 다를 거야.

우린 그동안 너희들이 일방적으로 두들겨 패던 중동이나 남미의 작은 나라가 아니란 말이다.

"주석님, 동해 함대가 전멸했습니다."

"뭐라고!"

"항모 라오닝을 비롯해서 3기의 이지스함, 10척의 구축함, 7척의 호위함이 전부 수장되었습니다. 크윽, 분합니다."

문을 박차고 들어온 해군사령원 선진룽의 보고에 주석의 얼굴이 하얗게 변했다.

전투가 벌어졌다는 보고가 들어온 게 불과 30분 전 일이었는데 그사이에 중국이 자랑하는 동해 함대 전체가 파괴되었다는 것이다.

어떻게 그럴 수 있단 말인가.

아무리 미국의 항모 전단이 세계 최강이라 해도 동해 함대에는 중국이 애써 키운 최신예 구축함들이 상당수 포함되어 있었다.

"우리만 일방적으로 당하지는 않았겠지? 미국 쪽은?"

"5척의 구축함과 3척의 호위함을 잡았습니다."

"무슨 소리야. 그게 전부란 말이야?"

주석의 입에서 고함이 터지며 앞에 있던 서류가 사방으로 비산했다.

말도 안 된다.

동해 함대가 전멸할 동안 미국 쪽은 불과 8척만 파괴되었다는 건 거의 학살에 가까운 전투였다는 걸 의미했다.

현대전은 과거 2차 대전 때와는 다르게 함대 간의 전투가 순식간에 결판난다 해도 너무 일방적인 결과였다.

해군사령원의 보고는 들을수록 기가 찼다.

미국의 F—24 랩터 공격에 공군이 개전되자마자 전부 괴멸되어 공중 지원을 받지 못했고, 결정적으로 MD시스템의 격차가 워낙 커서 일방적인 공격을 당할 수밖에 없다는 것이었다.

"북해 함대는?"

"서해 함대와 함께 대만해협 쪽으로 접근하는 중입니다."

"러시아는?"

"그들은 일본의 서해 함대와 루즈벨트 항모 전단에 막혀서 동해상에서 대치 중에 있습니다. 아직 전투는 벌어지지 않았습니다. 대신, 인도의 함대가 3시간이면 도착한다는 소식입니다."

"미국 놈들은 지금 어디 있나?"

"워싱턴호가 지금 한국 쪽으로 후퇴 중이고 대신 제럴드 R이 진주하고 있습니다. 영국 함대는 오늘 저녁 합류할 것으로 추정됩니다."

"으······."

제럴드 R 항모 전단은 미국이 보유한 해군 전력 중에서 가장 강력한 것으로 알려져 있었다.

이름만 들어도 입이 떡 벌어질 만큼 무시무시한 최신예 이지스함들과 구축함들이 다수 포함되어 있었는데, 최근 5년 내 건조된 함선만 11척이었다.

저절로 신음이 흘러나왔다.

동해 함대는 중국이 보유한 해군력의 절반을 차지할 정도로 핵심 전력이었으나 제럴드 R보다 구식인 워싱턴에게 당했으니 북해 함대와 서해 함대가 새로 진주하는 제럴드 R 항모 전단과 부딪친다면 결과는 너무나 뻔했다.

"그리고 주석님··· 인공위성에 미국 전역에서 ICBM이 발사 준비를 마친 상태로 대기하고 있는 게 잡혔습니다. 무려 1,000기 정도로 추정되는데 아무래도 우리가 동풍을 겨냥한 것에 대한 대응인 것 같습니다."

"이 미친놈들이······."

보고를 듣자 입이 다물어지지 않았다.

중국이 미국 본토를 공격하기 위해 준비한 동풍 미사일은 불과 100여 기에 지나지 않는데, 미국은 그 10배나 되는 미사일을 준비하고 있다는 것이었다.

"1,000기가 전부 우릴 겨냥한 게 아닙니다. 그중 상당수는 인도를 향하고 있습니다. 미국 본토를 향해 한 발이라도 날아오면 무조건 발사할 기세입니다."

사령원의 보고에 주석이 눈을 꾹 감았다.

재래전에서 미국보다 전력이 약하다는 건 이미 알고 있는 사실이었다.

그럼에도 자신 있게 상대할 수 있었던 건 중국 본토와 가까운 곳에서 전투가 벌어진다는 사실 때문이었다.

함대의 전력이 조금 약하더라도 본토에서 미사일 지원과 수천 대의 공군이 버티는 이상 미국이 함부로 도발하지 못할 것이란 자신감이 있었다.

그러나 결국 함대 전투는 벌어졌고 중국은 미사일을 발사하지 못했다.

전쟁이란 암묵적인 룰이 존재하는데, 함대 간의 전투에서는 더욱 그렇다.

전쟁이 벌어져도 중국 본토에서 미사일이 발사되지 않는 한 미국은 중국 본토를 공격하지 않는다.

그랬기에 미사일을 발사하지 못했다.

미사일을 발사해서 워싱턴의 항모 전단을 잡아낼 수 있겠지만 만약 그랬다가는 중국 전역의 미사일 기지들이 쑥대밭으로 변할 것이다.

"주석님, 긴급 보고입니다. 필리핀과 한국, 일본의 미국 주둔군이 상하이를 향한답니다. 전투를 끝내고 후퇴하던 워싱턴 항모 전단이 합류했는데 3시간이면 도착할 것으로 추정됩니다."

"뭐라고!"

"지금 상하이를 막을 수 있는 해상전력은 전무합니다. 북해 함대와 서해 함대는 막혀 있는 상태기 때문에 상해 군부의 전투기와 미사일로 상대해야 될 처지입니다."

"그놈들 공군은?"

주석의 입에서 당장 미국 공군의 상황부터 물었다.

워낙 보고받은 F—24 랩터의 위력이 무서웠기 때문이었다.

중국이 자랑하는 스텔스 전투기 '젠' 58기가 F—24 랩터 24기에게 일방적으로 학살되었다는 보고를 들은 게 불과 10분 전의 일이었다.

"24기의 F—24 랩터뿐만 아니라 F—22 랩터 36기, F—35 120기 등이 발진했습니다. 후속적으로 200여 기가 준비 중입니다."

"상륙하겠다는 건가?"

"상륙하기는 어려울 겁니다. 상해 군부의 육군 전력은 막강합니다. 만약 놈들이 상륙한다면 전멸할 것입니다."

"육군을 먼저 때리면?"

"그건……."

주석의 질문에 사령원이 말을 꺼내다가 입을 닫았다.

당연히 상륙을 계획했다면 지대지미사일이 상해 전역을 때릴 것이고 지옥의 사자라 불리는 F—24 랩터를 필두로 공군이 육군 전력부터 초토화시키겠지.

하지만 그건 어리석은 질문이다.

만약 그런 상황이 발생한다면 중국은 ICBM에 핵폭탄을 실어 미국 본토를 공격할 수밖에 없다.

미국이 그걸 모를 리 없었다.

그럼에도 상해를 포위하는 건, 상해를 고립시키고 긴장감을 극대화함으로써 중국의 심장인 상해를 고사시키려는 작전이 분명했다.

* * *

천조국.

미국을 부르는 단어다.

방위비로 매년 1,000조를 사용하기 때문에 붙여진 이름.

인국 14억의 중국이 한 해 사용하는 국방비가 200조에 불과했으니 미국의 국방비 사용은 타의 추종을 불허한다.

연구 결과에 따르면 미국은 전 세계를 상대로 싸워도 이긴다는 분석이 나올 만큼 무시무시한 국방력을 자랑하고 있었다.

그들이 중국을 친 이유는 승리에 대한 확신과 패권 도전을 결코 좌시하지 않겠다는 결의에서 비롯된 것이다.

치밀한 전략.

대만해협에서 중국의 동해 함대를 격파한 미국은 곧바로 상해 봉쇄 작전을 개시했다.

러시아의 함대는 일본과 함께 동해에서 차단하고 중국의 북해 함대와 서해 함대는 제너럴 R 함모 전단과 영국 함대로 봉쇄했으니 상해 앞바다는 그야말로 무풍지경이었다.

중국에게 상해의 의미는 오히려 북경보다 더 중요하다.

모든 금융과 산업의 중심지가 바로 상해였기 때문이었다.

상해가 무너지면 중국이 쓰러진다는 말이 있을 정도로 북경이 심장이라면 상해는 뇌에 비견되었다.

그런 상해를 봉쇄한 이유는 도대체 뭘까?

상륙이 아니라는 건 함선의 배치 상황만 봐도 충분히 알 수 있었다.

상륙함이 전혀 포함되지 않았고 한국과 일본, 필리핀에서 날아온 건 전투함과 전투기뿐이었다.

그렇다면 그들이 기다리는 건 점점 범위가 좁혀진다.

그들이 기다리는 건 바로.

중국이 보유한 전투기를 완전히 소멸시켜 제공권을 소멸시키는 것이었다.

중국의 전략가들이 그런 사실을 모를 리 없었다.

그럼에도 미국의 속셈을 뻔히 알면서 상해 군부가 지닌 전투기를 모두 출동시킬 수밖에 없었던 건 상해 봉쇄를 반드시 풀어야 했기 때문이었다.

상해 봉쇄를 풀지 못한다는 건 전쟁에서 졌다는 걸 의미한다.

그랬기에 중국군은 1차적으로 상해 군부의 전투기를 출격시킨 후 곧바로 북경 군부에 남아 있는 1,000기의 전투기를 후속으로 발진시켰다.

대만해협과 동해에서 대치했던 함대들은 꼼짝하지 않은 채 선제공격을 자제했는데 그들 역시 상해 전투가 이 전쟁의 운명을 좌우할 것이란 판단을 하고 있었기 때문이었다.

전 세계 언론은 양측으로 나뉘어 서로를 비난하며 대치하고 있었으나 점점 운명의 전투 시간이 다가오자 침묵으로 빠져들기 시작했다.

"마엘로프 장군, 상황은 어떻소?"

"중국에서 전투기를 발진시켰습니다. 곧 전투가 벌어질 것 같습니다."

"우리 측은?"

"현 위치에서 대기하고 있습니다. 전투 결과를 본 후 행동을 결정하겠습니다."

"모든 행동은 북해 함대가 도착한 후에 결정하시오. 지금 상황에서는 미국과 일본의 동맹 함대를 극복하기 어렵소."

"알고 있습니다. 북해 함대에서 3시간 후면 도착한다는 연락이 왔습니다. 북해 함대 사령관과 긴밀한 협조를 통해 최상의 성과를 이뤄낼테니 너무 심려하지 마십시오."

"사령관, 이번 대치는 러시아의 운명이 달린 일입니다. 신중히, 한 치의 실수도 없이 시나리오대로 행동해야 되오."

"대통령님, 중국의 행동이 중요합니다. 그들이 전투기만 발진시켜서는 절대 상해 전투에서 이기지 못할 것입니다."

"계속 관찰하는 중이오. 이번 싸움의 선봉은 우리가 아니라 중국입니다. 그들이 결단을 하지 않는다면 우리가 총대를 메는 일은 없어야 하오."

"현명한 판단이십니다."

러시아 남해 함대의 사령관 마엘로프가 대통령의 답변에 크게 고개를 끄덕였다.

그의 말대로 이번 전쟁의 주축은 중국이었고 러시아는 동맹국으로서 최선을 다해 돕는다는 입장이었다.

만약.

중국이 자국의 안전을 위해 항공 전력만 투입하고 미사일을 사용하지 않는다면 결과는 정해진 것이나 다름없다.

막강한 화력을 지닌 함공모함 전대와 한국, 일본, 필리핀에서 출발한 70여 척의 구축함에 장착된 미사일들은 전투기들에게 지옥의 사신이나 마찬가지였다.

더군다나, 미국 동맹은 상해 봉쇄에 1,500기의 최신예 전투기를 동원했다.

비록 미국 스텔스기와 쌍벽을 이룬다는 한국의 KFX―7이 빠졌다 해도 상해 상공에는 F―24, F―22랩터 등이 참가했고 일본의 자랑 J―23 전투기 300여 대까지 출격한 상황이었다.

아무리 분석해도 전력 면에서 게임이 안 된다.

그럼에도 러시아가 현 위치를 고수하며 대기하고 있는 건 이번 전쟁을 역전시킬 수 있는 최대 변수.

중국 본토에 깔려 있는 미사일을 사용하냐는 것이었다.

만약 중국이 보유한 5만 기의 미사일이 사용된다면 미국의 항모 전단들과 동원된 구축함들은 전부 바다로 수장시킬 수 있다.

문제는 전선이 중국 본토로 변한다는 것인데 과연 중국 측이 그런 결과를 받아들일 수 있을까?

아마, 지금쯤 중국 수뇌부는 마지막 결단을 향해 달려가고 있을지 모른다.

지금이 아니라면 전세를 역전시킬 마지막 기회가 날아가기 때문이다.

      *   *   *

"주석님, 모든 미사일을 개방했습니다. 명령만 내리시면 즉각 발사할 수 있습니다."

"음……."

육군사령원 장추의 보고를 받은 중국 주석이 고뇌에 찬 얼굴로 신음을 흘렸다.

보유한 전투기들을 모두 출격시킨 지금.

마지막 결단을 내려야 한다.

어차피 전투기만으로는 미국 측이 동원한 전력을 상대하기 어렵다는 걸 너무나 잘 안다.

그랬기에 주석은 군부의 수장들과 전 각료를 소집한 후 3시간 동안 회의를 진행했다.

그러나 의견은 전혀 좁혀지지 않았다.

군부의 상당수는 미사일 사용을 원했으나 대부분의 각료들은 반대했다.

본토의 미사일을 사용하는 순간 미국 항모 전단의 막강한 화력이 중국의 국토를 유린하게 될 것이다.

이제 남은 건 오로지 그의 판단뿐.

마지막 순간까지 모든 기지를 개방시키며 미사일 공격을 준비한 것은 미국 쪽이 물러나 주길 바랐기 때문이었다.

미사일이 발사되면 지금 중국 근해에 와 있는 미국 함대와 영국 함대는 20분 안에 바다에 수장될 것이다.

그러나 놈들은 미사일 기지가 모두 개방되었어도 전혀 물러날 기미를 보이지 않았다.

주석에 오른 10년 동안 그의 가슴속엔 미국을 몰아내고 위대한 중국을 만들겠다는 야심이 가득 찼다.

그랬기에 일대일로를 통해 20여 개국을 아군으로 끌어들였고 유럽과도 긴밀한 관계를 유지하며 미국과 이간질을 했다.

신용화폐 시스템의 수명이 얼마 남지 않았다는 사실은 이미 오래전부터 알았고 경제 석학들로 구성된 국가경제원의 조언을 받아 막대한 금을 사들였다.

신용화폐 시스템이 무너지면 금본위제로 전환해서 중국이 세계의 패권을 차지하겠다는 계획을 차곡차곡 진행했다.

세계는 정확하게 중국이 보유한 금의 양을 알지 못했으나 중국은 이미 미국보다 두 배나 많은 15,000톤의 금을 보유하고 있었으니 그의 야망은 실현될 가능성이 컸다.

그런 와중에 미국이 들고 나온 금은본위제는 절대 받아들일 수 없는 주장이었다.

정보부의 분석에 따르면 미국은 전 세계 보유량의 절반에 달하는 8억 온스의 은을 매집했고 현재 금은비를 1:3까지 끌어올린 상태였다.

만약 미국이 금은비를 1:1까지 끌어올린 상태에서 금은본위제로 전환하게 된다면 중국의 꿈은 절대 이뤄질 수 없었다.

"주석님, 조속히 결정하셔야 됩니다. 지금 결정하지 않으면 출격한 전투기들이 위험해집니다."

육군사령원의 독촉에 주석이 눈을 감았다.

눈을 감자 파괴된 중국의 모습이 떠올랐다.

이제 남은 선택은 단 하나.

미사일을 사용해서 미국의 항공모함 전대를 쓸어버리고, 미국의 ICBM 공격에 맞서 핵무기를 사용하는 것뿐이었다.

결국 결론은 양측 모두의 파멸이다.

"미국 측에는 경고했소?"

"미사일 기지를 개방하면서 경고를 했습니다. 지금 물러서지 않으면 슬픈 결과를 맞이하게 될 것이라 전했습니다."

"반응은?"

"항복하라는 말만 반복하더군요. 대만 독립을 인정하고 이번 전쟁의 피해보상금을 준다면 후퇴하겠답니다."

"끝까지 본론은 이야기하지 않았군."

"…그렇습니다."

미국이 원하는 건 대만의 독립이나 전쟁 피해보상금이 아니다.

그들을 물러서게 만들 수 있는 단 하나의 조건은 오직 중국이 금은본위제를 받아들이는 것 뿐이었다.

그건 죽어도 안 된다.

거대한 중국이 또다시 미국의 통제하에 눈치를 보면서 살아가야 하는 세상은 두 번 다시 맞이하고 싶지 않았다.

천천히 좌중에 앉아 있는 50여 명의 인물들을 하나씩 바라보았다.

이들은 자신과 평생을 같이했던 동지들이었고 위대한 중국을 건설하기 위해 불철주야 노력했던 사람들이었다.

과연 이 중에 얼마나 살아남을 수 있을까?

그럼에도 주석은 서서히 이를 악물며 결단의 칼을 치켜올렸다.

이대로 중국은 무너지지 않는다.

같이 죽자, 미국.

너희들의 오만을, 너희들의 탐욕을, 너희들의 자존심을 깡그리 부숴주마.

그런 마음으로 육군사령원을 향해 입을 여는 순간 회의실이 열리며 담당 비서가 뛰어 들어오는 게 보였다.

"주석님, 긴급히 한국 대통령이 통화를 하자고 합니다."

"그자가 왜?"

"중요한 일이랍니다. 이번 통화가 성사되지 않으면 중국은 씻을 수 없는 상처를 입게 될 거라고 했습니다."

"연결하시오."

갑자기 등이 서늘해졌다.

아무리 생각해도 한국 대통령이 나선 게 이해되지 않았지만 오랜 세월의 정치적인 감각이 반드시 전화를 받아야 한다는 경고를 보내고 있었다.

그랬기에 그는 화면에 뜬 한국 대통령을 향해 무거운 시선을 던졌다.

"주석님, 안녕하십니까?"

"대통령님께서 어쩐 일이십니까? 지금 상황이 안 좋으니 중요한 일이 아니면 간단하게 통화했으면 좋겠는데요."

마음이 급했으니 중국 주석의 말에서 조급함이 나타났다.

언제 벌어질지 모르는 일촉즉발의 상황에서 한국 대통령과 안부나 물으며 시간을 보낼 수는 없었다.

"저는 한 가지 제안을 하기 위해 전화를 드렸습니다. 중국이 금은본위제만 지지한다면 미국은 동해 함대에 대한 피해보상을 해주겠다는 의사를 저에게 밝혔습니다. 그러니 주석님, 이쯤에서 휴전하는 게 어떠신가요?"

"무슨 소릴 하는 거요. 대만해협에서 죽어간 우리 병사 숫자가 얼마나 되는지 아시오!"

"그래서요. 주석님은 얼마나 더 많은 생명이 죽길 바라시나요.

전쟁이 지속되면 지금보다 훨씬 많은 사람들이 죽을 텐데 그걸 바라시는 겁니까?"

"우리 중국은 죽음을 두려워하지 않소. 그러니 당신은 상관하지 말고 그만 전화 끊으시오."

격앙된 모습.

전쟁에 참전하지 않겠다는 선언과 그동안 미국의 반대편에 서서 활동했던 한국이 중재안이랍시고 휴전을 꺼내자 분노가 극에 치달았다.

가소로운 자가 어디서.

최근 급격하게 군사력이 올라왔다 해도 한국 정도는 언제든지 때려잡을 수 있다는 자신감이 그의 마음속에는 항상 들어 있었기에 한국 대통령의 말은 전혀 귀에 들어오지 않았다.

"주석님, 제가 드리는 말을 잘 듣고 판단하시기 바랍니다. 분명, 중국은 항공 전력을 괴멸시키지 않고 상해를 봉쇄한 미군을 처단하기 위해 미사일을 쏠 겁니다. 그러나 그리되면 미국의 모든 항모 전단이 중국 본토를 때릴 것이고 주석님은 해서는 안 될 마지막 선택을 하시겠죠. 그렇지 않나요?"

"우린, 반드시 그럴 것이오. 이렇게 전화를 해온 걸 보면 당신네 한국은 미국 편에 선 것 같구려. 그렇다면 똑똑히 전하시오. 우리가 당한 만큼 미국도 똑같이 당하게 된다는 걸."

"뭘 잘못 알고 계시는군요. 주석님, 제가 이렇게 전화를 드린 건 우리 대한민국이 미국과 한편이기 때문이 아니라 세계의 멸망을 막기 위해서임을 분명히 말씀드립니다."

"재밌는 소릴 하시는군."

"제 이야기가 재밌나요? 그럼 더 재밌는 얘길 해드리죠. 당신네 중국은 핵무기를 미국에 보내지 못합니다. 왜냐하면… 우리가 그걸 막을 테니까요."

"뭔 소리야. 당신들이 핵무기를 어떻게 막아!"

"우리에겐 성층권으로 올라온 ICBM을 때려잡는 레이저 미사일이 있기 때문이오. 그러니 싸울 거면 핵무기 말고 정정당당하게 재래전으로 붙으시오. 인류를 위험하게 만들지 말고!"

"이런 미친!"

"나는 이 말을 전하기 위해 전화를 했던 거요. 내 말을 증명하기 위해 우리가 보유한 무기의 동영상을 보내줄 테니 부디 중국이 현명한 판단을 하기 바랍니다."

제51장
태풍의 눈

결국 중국은 전투기를 후퇴시킨 후 개방했던 미사일 기지들을 모두 닫았다.

대한민국에서 보내온 동영상을 확인한 중국의 지도부는 전부 경악을 금치 못했는데, 거기엔 '고드 애로'라 명명된 극강의 MD 시스템이 생생하게 담겨 있었기 때문이었다.

너무 놀라 입을 다물 수 없었다.

동영상에 담겨 있는 MD 시스템은 크게 두 가지로, 육상에서 날아오는 미사일을 요격하는 지대공과 인공위성에서 성층권을 뚫고 올라온 미사일을 때려잡는 방식이었다.

대한민국에서 최근 10여 기의 인공위성을 새로 쏘아 올린 이유.

대공항에 빠져들며 전 세계가 극심한 침체에 빠져 있을 때 대한민국은 2개월에 한 번씩 인공위성을 쏘아 올려 세계의 비웃음을 샀다.

그럴 돈으로 국민들을 위해 써야 한다는 게 각국의 평가였지만 대한민국은 아랑곳하지 않고 꾸준히 인공위성을 발사했다.

"아… 이자들, 이 무기들을 실전 배치 하느라 그리 미친 듯이 인공위성을 발사했었던 거였구나."

탄식이 쏟아졌다.

레이저 미사일은 최근 들어 꿈의 무기라 불리며 강대국 사이에서 개발 전쟁이 벌어졌지만 성공한 나라는 하나도 없다고 알려져 있었다.

그런데 이미 대한민국은 지대공은 물론이고 인공위성에까지 장착해서 실전 배치를 완료해 놓았던 것이다.

중국 주석의 눈가가 부르르 떨렸다.

막상 대한민국에서 개발한 무기를 직접 눈으로 확인하자 미국의 패권에 도전하려 했던 자신의 야망이 얼마나 헛된 것인지 알 수 있었다.

얼마나 바보 같은 짓이었단 말인가.

눈부시게 발전하는 한국의 4차 산업을 부러워했음에도 그리되기 위해 노력한 대신 미국의 패권을 부수기 위해 엉뚱한 곳에 전력을 기울였으니 허망하고 또 허망했다.

이제 자신의 꿈은 끝났다.

핵무기란 최종 병기를 믿었고 강력한 군사력을 지닌 러시아와 연합하면 충분히 미국을 상대할 수 있을 거란 판단은 한낱 허상에 불과한 것이었다.

미국의 힘은 정보로 수집된 것보다 훨씬 강력했고, 반면에 자신들의 군사력은 형편없다는 것이 단 한 번의 전투로 나타났다.

여기에 최종 무기의 사용마저 불가능해진 이상 자신의 야망을 포기하지 않는다면 중국은 미국의 지속적인 공격에 회생 불능의 상태로 빠져들 것이 자명했다.

"어서 오게, 우리의 영웅."

"오랜만에 뵙습니다."

이병웅이 고개를 숙여 인사를 하자 대통령이 다가오더니 갑자기 와락 껴안았다.

"이 모든 것이 자네 덕분일세. 갤럭시를 키워준 자네가 더없이 자랑스럽고 고맙네. 진심으로 고마우이."

"제가 이뤄낸 것이 아니라 우리나라 국민들이 전부 힘을 합해 만들어낸 결과입니다."

대통령의 칭찬에 이병웅이 모든 공을 국민들에게 돌렸다.

갤럭시에서 최첨단 양자컴퓨터를 동원해 레이저 미사일 '고드 애로'를 개발한 것은 4년 전의 일이었다.

하지만 정부가 적극적으로 나서지 않고 국민들의 호응이 없었다면 '고드 애로'는 세상의 빛을 보지 못했을 것이다.

어려운 상황에서도 인공위성 발사에 동의해 준 국민들.

자신의 말을 믿고 대통령이 직접 나서서 실전 배치를 서두르지 않았다면 '고드 애로'는 창고 속에서 오랜 시간 동안 잠들었을지 모른다.

"오늘은 회를 준비했네. 오랜만에 자네와 술을 진탕 마시고 싶어서 마나님한테 특별히 부탁했어."

"혹시 비싼 회는 아니겠죠?"

"어허, 이 사람. 당연히 비싼 회지. 제주에서 잡아 올린 옥돔일세."

"귀한 놈이군요."

"그렇지, 귀한 놈이야. 어제 이놈을 공수해 오느라 여러 사람이 애를 썼다네."

대통령이 의미심장한 미소를 흘리며 양주를 따라주었다.

그 시선에 담긴 뜻을 눈치 빠른 이병웅이 모를 리 없었다.

"걱정거리가 있으십니까?"

"걱정은 아니고… 어제 KDI 원장이 한은총재와 함께 찾아왔어. 중국이 항복을 선언했으니 이제 남은 건 하나밖에 없잖아."

"비율 때문이군요?"

"역시 귀신이군."

이병웅이 툭하고 말을 던지자 대통령이 놀라는 기색을 하다가 껄껄 웃었다.

이병웅은 자신처럼 평범한 사람이 아니라는 게 상기되었기 때문이었다.

지금까지 진행된 시나리오는 거의 모두 이병웅의 머리에서 나온 것이고 자신과 정부 담당자들은 세부 사항만 정리한 수준이었다.

그랬으니 자신의 말이 무얼 의미하는지 모르는 게 더 이상했다.

"KDI 원장은 현재 세계경제 규모로 봤을 때 금은비를 1:1로 하면 무리 없이 돌아갈 수 있을거라 판단하더군. 온스당 3만 달러를 제시했다네."

"저도 그 정도면 충분할 거라 생각했습니다."

"이제 한 달 후에 다시 G50 중앙은행장 회의가 열릴걸세. 거기서 금은본위제가 향후의 화폐 시스템으로 확정될 거야. 그러면 세부 조율 과정을 거쳐 6개월 후쯤 G50 정상들이 만나 협약식을 맺을걸세."

"신속하게 움직이는군요."

"현재의 세계 상황은 최악일세. 최대한 빨리 화폐 시스템을 정리하고 새로운 미래를 개척해야 되지 않겠나?"

"그렇지요. 정확한 판단입니다."

"그래서 말인데… 마지막 회의를 참석하기 전에 자네의 의견을 듣고 싶어서 불렀네. 병웅 군, 우리 대한민국은 금은본위제로 진행되면 미국에 이어 제2의 환율 강국으로 올라서게 될 거야. 미국의 주장에 그대로 동의하면 되겠지?"

"대통령님께서는… 대한민국이 여전히 세계 2위 국가로 만족하길 바라십니까?"

"무슨 소린가?"

"왜, 우리는 미국의 등 뒤에서 살아야 하는 거죠? 우리가 세계를 리드하는 국가가 되면 안 되는 이유가 있나요?"

"자네… 혹시……."

"그렇습니다. 저는 대한민국이 미국을 제치고 세계 최강 국가가 되길 바랍니다."

대통령의 얼굴이 허옇게 변했다.

그동안 수없이 만났음에도 이병웅에게서 이런 이야기를 들은 건 처음이었기 때문이었다.

그럼에도, 막상 이병웅의 입에서 세계 최강 국가란 말이 튀어나오자 저절로 몸에서 전율이 일어났다.

그래, 맞아.

우리나라는 다른 놈들과 달리 현재 경제위기에 처해 있음에도 금방 뛰어나갈 준비를 마친 호랑이와 다름없었다.

갤럭시에서는 4차 산업 첨단기술들이 개발되어 출시를 기다리는 중이었고, 치명적인 약점이었던 핵무기를 무력할 수 있는 힘을 지녔으니 전혀 불가능한 일이 아니었다.

그러나 어떻게 그럴 수 있단 말인가.

대한민국은 인구도 적고 새롭게 적용되는 금은본위제 보유 수량도 남들보다 많지 않았다.

그랬기에 그는 잔뜩 기대에 찬 시선을 던지며 이병웅을 향해 입을 열었다.

"어떻게 말인가?"

제35차 G50 중앙은행장 회의에 참석한 여명규는 창밖으로 펼쳐진 야경을 바라보며 천천히 커피를 입으로 가져갔다.

스위스란 나라는 모든 것이 정적이었고 아름다웠으며 평화롭다.

호텔 창밖으로 펼쳐진 야경은 미국이나 중국, 그리고 대한민국에선 볼 수 없는 온유함과 부드러움이 담겨 있었다.

헤스티아 연기를 길게 뿜어내며 내일 벌어질 회의에 대해서 깊게 고민하고 있을 때 문에서 노크 소리가 들려왔다.

수행원들은 각자의 방에서 쉬고 있었기 때문에 방에는 그 혼자뿐이었다.

천천히 의자에서 일어나 문을 열자 일본은행장 구로다가 멋쩍은 표정으로 맥주를 들어 올리는 게 보였다.

"밤은 긴데 할 일이 없어 왔습니다. 맥주나 같이하면서 대화를 나눴으면 하는데, 어떠십니까?"

"그렇지 않아도 적적하던 참이었는데 잘됐네요. 들어오세요."

여명규의 안내를 받은 구로다가 방금 앉았던 베란다 탁자에 앉으며 맥주 캔을 꺼내 들었다.

준비한 맥주 캔은 달랑 두 개뿐이었고 마른안주가 전부였다.

오래 있지 않겠다는 뜻이었기에 여명규는 구로다를 향해 밝은 미소를 보였다.

"스위스는 올 때마다 느끼지만 정말 아름다운 것 같습니다. 저는 은퇴하면 이런 곳에서 사는 게 소원이었어요."

"일본에도 이런 곳이 꽤 있잖습니까?"

"그렇죠. 하지만 저는⋯ 아무래도 제 꿈을 이루지 못할 것 같습니다."

"왜죠?"

"저는 일본 역사에서 가장 커다란 죄인이 될 것이기 때문입니다."

어두운 표정.

그가 말한 의미가 가슴으로 스며들었기에 여명규는 말없이 그를 바라보았다.

그의 심정이 어떨지 충분히 짐작이 되었다.

일본에는 은이 없었고 금의 보유량도 겨우 2천 톤이 전부였으니 금은본위제가 결정된다면 일본은 지금까지의 영광을 뒤로하고 경제 후진국으로 밀려날 수밖에 없었다.

"여 총재님, 저는 이곳에 오기 전 놀라운 사실을 들었습니다. 내각조사실에서 한국에 엄청난 은이 있을 거란 보고서를 제출했는데 그게 사실입니까?"

"미안합니다. 확인해 드릴 수 없군요."

"저는 어느 정도 짐작하고 있었습니다. 금은본위제에 적극적으로 반대하지 않는 태도를 보면서 그런 생각이 들었죠. 하지만, 직접 두 눈으로 그런 보고서를 보게 되자 정말 충격이 컸습니다. 한국은… 이런 상황을 예상하고 준비하신 거겠죠. 혹시 여 총재님이 주도하신 겁니까?"

"아닙니다. 총재님의 말씀대로 미리 준비한 건 맞습니다만 그 주인공은 제가 아닙니다."

"그럼 누굽니까. 기재부장관인가요?"

"말씀드릴 수 없습니다."

"휴우… 어쨌든 축하합니다. 가뜩이나 비상 중인 대한민국이 날개까지 달았으니 앞으로 대한민국은 창창한 앞날이 보장되겠군요. 반면에 우리 일본은……"

구로다는 말을 끝내지 못하며 맥주를 들이켰다.

세계는 일본을 4차 산업의 후진국이라 불렀다.

신기술의 개발을 등한시하고 과거에 집착하며 전통 제조국이란 허상에 물들어 살아온 일본은 과거의 영광을 이미 상실해 가고 있었다.

"일본 역시 가능성은 무궁무진합니다. 향후 얼마나 노력하느냐에 따라서 국가의 성장이 결정될 테니 말이죠."

"일본은 틀렸습니다. 국민정신은 나약해질 대로 나약해졌고 젊은이들은 노는 것에 정신이 팔렸을 뿐 개척 정신을 상실했어요. 국가의 시스템도 전혀 발전하지 못하고 있습니다. 잘나가는 한국을 배울 생각은 하지 않고 여전히 혐오하며 경원시하고 있으니 일본은 과거 속에서 살아가는 나라인 것 같습니다."

"서서히 변화해 나가면 괜찮아질 겁니다."

위로를 했지만 위로가 될 리가 없었다.

일본 국민들의 정신력은 이미 쇠퇴될 대로 쇠퇴되었고 그의 말대로 국가 시스템은 여전히 과거지향주의였다.

그럼에도 여명규는 구로다를 향해 잔인한 말을 꺼내지 않았다.

그의 얼굴에 담긴 슬픔이, 경제학자로서 살아왔던 그의 경력과 인생이 자신의 모습과 중첩되었기 때문이었다.

*　　　　*　　　　*

다음 날 진행된 G50 회의는 전쟁 전의 그 팽팽했던 긴장감을 상당 부분 상실한 상태였다.

군사력으로 도전자들의 야망을 단박에 꺾어버린 미국의 위세에 도전할 수 있는 나라는 아무도 없었기 때문이었다.

팽팽한 긴장감이 다시 생성되기 시작한 것은 미국의 주장에 의해 차후의 화폐 시스템이 금은본위제로 채택된 후 금은비를 결정할 때였다.

"우리 미국은 금은본위제의 도입과 더불어 금은비를 1:1로 해야 된다고 제안하는 바입니다. 현재 금과 은의 선물은 오히려 은이 더 비싸다는 걸 여러분도 잘 아실 겁니다. 따라서 금은비를 1:1로 정하고 추후 기준값을 결정하는 게 좋겠습니다. 기준값은 현재의 경제 규모에 맞춰 산정하되……."

"그건 안 됩니다!"

포기한 듯 연준의장의 제안을 세계 각국의 중앙은행장들이 듣고만 있을 때 갑작스럽게 여명규가 나서며 분명한 반대 의사를 표명했다.

그러자 참석했던 중앙은행장들의 시선이 순식간에 여명규에게 집중되었다.

"미국은 오래전부터 은을 매집하기 위해 은 선물을 조작해 왔다는 증거가 있습니다. 그리고 현재는 금은본위제를 채택하기 위해 무차별적으로 값을 상승시켜 금과 비율을 맞췄습니다. 이런 짓은 국제사회의 지탄을 받아 마땅한 일입니다."

"당신, 그게 무슨 말이오. 증거 있습니까!"

"증거? 증거는 수도 없이 많지요. 미국 법원은 JP모건의 은 시세 조작 사실을 확인하고 담당자를 처벌했던 사례가 있습니다. 그리고 최근의 은값 상승은 베어스턴스의 주도로 이뤄졌다는 걸 모든 국가가 알고 있는 사실입니다. 지금 당장 베어스턴스의 은 선물 거래 내역만 확인하면 미국이 은값을 조작했다는 게 나타날 것입니다."

"어허… 감히 미국을 상대로 협박을 하다니 당신이 미친 거요, 한국이 미친 거요?"

"나는 있는 사실만 말하는 겁니다. 그리고 연준의장, 말조심하시오. 여기는 국제 은행장들이 모두 모인 회의장입니다!"

여명규가 연준의장 파웰을 향해 고함을 버럭 지르자 회의장의 분위기가 순식간에 차갑게 가라앉았다.

세계 최강국 미국을 향한 대한민국의 도발.

그 자체가 회의 참석자들에겐 경이적이었고 놀라움 그 자체였다.

"우리 대한민국은 미국의 은값 조작을 간과할 수 없습니다. 따라서 금은비는 과거처럼 1:10을 제안하는 바입니다."

"절대 그럴 수는 없소. 당신이 뭔데 그런 제안을 한단 말이오!"

"왜 못 합니까. 여기는 회의장이고 각국에서는 자신들이 구상한 제안을 발의할 수 있는 곳이오. 여긴, 미국의 의회가 아니라는 걸 깨달았으면 좋겠소."

"으……."

연준의장이 분을 참지 못하고 주먹을 부르르 떨자 뒤늦게 충격에서 벗어난 러시아 총재가 슬그머니 입을 열었다.

러시아는 전쟁의 직접 당사자가 아니라 아무런 피해도 보지 않았고 미국을 극도로 두려워하지도 않았다.

"나는 한국의 제안이 타당하다고 생각합니다. 일방적으로 은값을 폭등시켜 금은비를 1:1로 하자는 건 미국의 욕심일 뿐이오."

"일본도 마찬가지 의견입니다. 금은비를 1:1로 한다는 건 막대한 은을 보유한 미국에게 일방적으로 유리한 조건이오. 이런 불공평한 제안은 절대 받아들일 수 없소."

"우리 중국도 동의하오."

눈치를 보던 중국까지 말을 꺼내자 한쪽에서 웅성거리며 의견을 주고받던 유로 국가들이 동시에 입을 열었다.

"우리 유로존도 한국의 의견에 찬동하는 바입니다. 국제관계에서 일방적인 관계란 있을 수 없다고 생각합니다."

영국이 포함된 유로존까지 나서 대한민국의 안을 찬동하자 연준의장의 얼굴이 시퍼렇게 질렸다.

이런 상황이 펼쳐질 거라고는 꿈에도 생각하지 못했기 때문이었다.

중국을 때려잡았으니 아무도 미국의 위세에 도전하지 못할 것이란 판단은 막상 결정적인 순간이 되자 대한민국의 반대로 인해 산산조각 나버렸다.

그랬기에 그의 분노는 이성을 상실케 만들기 충분했다.

"당신, 한국이 이러고도 무사할 것 같나. 감히 미국에 도전하다니 뜨거운 맛을 보고 싶은 게로군."

"연준의장, 여기가 유치원인 줄 아시오? 그동안 골목대장 실컷했으면 그만 내려와. 군사력 가지고 다른 나라 위협하는 짓 그만하고!"

*　　　　*　　　　*

대통령은 청와대에 마련된 화상통화실에서 안보수석을 비롯한 각료들과 함께 앉아 있었다.

화면에 뜬 사람은 러시아의 대통령이었다.

"대통령님, 소식 들으셨겠죠?"

"들었습니다. 하지만, 저희는 아직도 한국의 의중을 정확하게 파악하지 못했습니다."

"회의에 참석하신 분이 전한 그대로입니다. 우리 대한민국은 미국의 독주를 인정하지 않으려는 것뿐입니다."

"저는 한국이 상당량의 은을 보유하고 있다는 걸 알고 있습니다. 비율을 1:1로 하면 한국 쪽에 무척 유리한 걸로 아는데요?"

"아시겠지만, 대한민국은 지금까지 국제관계에서 정의와 평화를 유지하기 위해 노력해 온 국가입니다. 신용화폐 시스템이 무너지면서 새로운 질서를 정립해야 하는 이 순간에도 우리의 의지와 행동은 변함이 없습니다. 그렇기에 모든 나라가 인정할 수 있는 화폐 시스템이 도입되어야 한다는 걸 주장한 겁니다."

"훌륭한 생각이십니다. 저는 한국의 그런 결정을 적극적으로 지지하는 바입니다."

왜 안 그렇겠나.

러시아의 입장에서도 금은비가 1:1로 결정된다는 건 죽음이나 다름없다.

비록 최근 들어 무차별적으로 금을 매입하면서 다른 나라보다 많은 금을 보유하고 있으나 금은비가 1:1로 결정되면 그 효과는 절반조차 되지 못한다.

대한민국의 주장에 많은 국가들이 찬동한 것도 그런 이유다.

그들은 향후의 화폐 시스템에서 어떡하든 피해를 줄이기 위해 필사적인 노력을 하고 있었다.

그러나.

막강한 군사력을 지닌 미국이 대한민국의 제안에 반대를 하면서 G50 회의는 아무런 결론을 맺지 못하고 끝났다.

지금 대통령이 중국에 이어 러시아 대통령과 이렇게 화상통화를 하는 것도 차후의 문제를 논의하기 위함이었다.

"대통령님, 미국은 그들의 의견이 대한민국의 반대로 채택되지 못한 것에 대해 상당한 불쾌감을 느끼고 있습니다."

"알고 있습니다."

"분명 그들은 이대로 포기하지 않을 것 같군요. 아마, 그들은 중국에게 한 것처럼 대한민국을 향해 도발할지도 모릅니다."

"그런 행위는 마피아들이나 하는 짓이지요. 그럼에도 그들은 지금까지의 패권 유지를 위해 그런 도발을 할 수도 있습니다."

"그래서 전화를 드린 겁니다. 언제까지 전 세계가 미국의 눈치를 보면서 살아야 된단 말입니까. 이 기회에 우리 대한민국은 미국과 정정당당하게 맞서 싸울 생각입니다. 대통령님, 중국은 저희와 뜻을 함께하기로 이미 결정한 상태입니다. 러시아도 우리와 함께하지 않으시겠습니까?"

"무슨 말인지 알겠습니다. 좋습니다, 저희도 한국과 운명을 같이하겠습니다."

"감사합니다."

그후 10여 분간 대화를 나누던 대통령이 정중하게 고개를 숙여 인사를 한 후 통화를 끊었다.

러시아의 행동은 이미 예측된 것이니 새삼 감동스럽지 않았다.

그럼에도 중국에 이어 러시아까지 가담하자 대통령의 모습해서 결연한 의지가 뿜어 나왔다.

지금까지 미국과 긴밀한 동맹관계를 유지하던 일본 등 10여 개국과 통화해서 만약의 사태가 일어나면 참전하지 않겠다는 약속을 받아냈다.

그리고 마지막으로 중국, 러시아와 통화를 해서 동맹을 맺었다.

다른 나라들은 필요없다.

대한민국과 중국, 러시아가 힘을 합친다면 충분히 자웅을 겨룰 만하다.

대한민국의 힘은 그 정도로 강력하다.

비록 핵무기를 보유하지 않았다는 점에서 군사력 4위에 랭크되어 있었지만 대한민국에겐 F—24 증진형 랩터와 쌍벽을 이루는 KFX—7이 300기나 있었고 KFX—6, 5, 4 시리즈를 1,200대나 보유하고 있었다.

KFX 시리즈는 모두 F—22 랩터에 버금가는 스텔스 전투기로, 중국과 러시아가 보유한 전투기 정도로는 상대가 되지 않을 만큼 강력했다.

해군력도 마찬가지다.

대한민국은 세 개의 항모 전단을 보유했고 이지스함이 32척이나 있었으며 구축함과 호위함의 성능 또한 세계 최강이라는 미국과 쌍벽을 이룰 만큼 무시무시했다.

그랬기에 세계 군사 연구소는 핵무기의 부재에도 불구하고 대한민국을 세계 4위의 군사 대국으로 랭크했던 것이다.

하지만 진짜 중요한 건 세계군사력 랭킹이 잘못되었다는 거다.

세계는 아직도 대한민국에 모든 미사일을 100% 요격 가능한 레이저 미사일 '고드 애로'가 있다는 걸 모른다.

만약 군사전문가들이 이 사실을 알았다면 당장 대한민국의 군사력 순위는 2위로 올라설 게 분명했다.

*   *   *

오산 공군기지.

오산 공군기지는 미국이 보유한 극동 지역 최전방에 위치해 있으며 주력 전투기들이 배치되어 있는 곳이다.

실제로는 송탄에 위치하고 있는데, 발음이 어렵다는 이유로 미군은 이곳을 오산 기지라 불렀다.

제3공수특전여단 소속 1대대장 장철민은 위장크림을 시꺼멓게 칠한 채 어둠속에서 밝게 빛나는 오산 공군기지를 노려봤다.

그의 뒤에는 3명의 중대장들이 부동자세로 서 있었는데, 그들의 눈은 긴장감으로 인해 번뜩거리며 빛나고 있었다.

"현재 시간 11시 30분. 작전 개시까지 30분 남았다. 박 대위,

병력 포진 상태는 어떤가?"

"거점을 확보한 후 대기 중입니다."

"1시간이다. 명심하라. 우린 1시간 내에 저곳에 있는 모든 병력을 제압해야 안다. 알겠나?"

"알겠습니다!"

"그럼 위치로 이동해서 병력들을 지휘하도록. 작전 개시 명령은 내가 직접 들어가면서 내리겠다."

"대대장님, 몸조심하십시오."

"내 별명이 불곰이다. 총 몇 방 정도로는 안 죽으니까 니들 몸이나 조심해."

장철민의 대답에 중대장들이 하얀 이를 드러낸 채 웃으며 자리를 떴다.

긴장 속에서 웃는다는 건 그만큼 자신이 있다는 뜻이다.

오산 공군기지를 방어하는 병력은 백여 명에 불과하고 나머지는 카투사와 조종사들이 대부분이었으니 수많은 죽음 속에서 훈련해 온 특전 여단의 상대가 될 수 없었다.

그럼에도 막상 실전이 다가오자 몸에서 긴장감이 스멀거리며 피어올랐다.

국가의 안위를 위해서는 한 치의 실수도 용납되지 않는 작전이다.

단시간 내에 제압에 성공하지 못하고 전투기들이 비행을 하게 된다면 대한민국은 혼란의 도가니로 빠져들게 될 것이다.

지금 전국 10여 개의 미군기지에는 대한민국의 특수부대들이 공격 시간을 기다리며 대기하는 중이었다.

이번 작전명은 '이글 슬리핑'.

바로 대한민국에 존재하는 모든 미군을 잠재우는 것이었다.

*   *   *

대통령이 국방부장관을 비롯해서 육해공 3군 참모총장들을 청와대로 불러 모은 건 미국의 항공모함이 동해로 움직인다는 첩보가 입수되었을 때였다.

"장관님, 미국의 움직임은 어떻습니까?"

"연일, 국제질서를 무너뜨린다면서 우릴 맹비난하고 있습니다. 그자들은 오늘 우리나라와 모든 교역을 중단했습니다."

"항공모함은?"

"태평양에 머물던 제너럴 R 항모 전대를 비롯해서 다섯 개의 항모 전단이 동해로 다가오는 중입니다."

"얼마나 걸릴 것 같습니까?"

"빠르면 5일 이내에 도착할 것으로 예상됩니다."

"주한미군은 제압했겠죠?"

"어젯밤에 완벽하게 제압해 놓은 상태입니다. 일본과 필리핀이 남아 있지만 그리 신경 쓰지 않아도 될 전력입니다."

"우리 준비는 어떤가요?"

"전 함대를 동해로 집결시켰습니다. 조기 경보기를 띄워놓고 모든 상황을 통제하고 있는 중입니다."

"동맹들은?"

"중국은 남아 있는 두 개의 항모 전단을 출발시켰고 러시아도 세 개의 항모 전단이 오는 중입니다."

국방부장관의 보고를 받는 내내 대통령의 표정은 잔뜩 일그러져 있었다.

결단을 내리고 칼을 빼 들었으나 사실 두렵고 힘들었다.

혼자만의 목숨이라면 어떻게 되든 상관없으나 자신의 등 뒤에는 수많은 국민들의 목숨이 함께하고 있었다.

"과연 우리 예상대로 진행될까요?"

"그렇게 될 것입니다. 그리고 만약 그렇게 되지 않는다 해도 우린 중국처럼 그냥 무너지지 않습니다. 우리의 전력은 결코 다가오는 그들의 전력에 비해 작지 않습니다."

"믿습니다. 장관님, 미국의 항모 전단이 동해로 진입하는 순간부터 모든 명령권을 일임합니다. 최선을 다해 대한민국을 지켜주시기 바랍니다."

*   *   *

상식과 존경이 통하던 시대는 끝났다.

신용화폐 시스템의 최대 약점인 무한 양적완화가 불러온 대공황은 인류를 생존에 집착하게 만들기 충분했다.

이 모든 책임은 누구 때문이란 말인가?

미국은 스스로의 책임이 아니라며 눈알을 부라렸지만 결국 이 모든 상황의 발단은 미국이 달러를 인정사정없이 찍어 자국민들에게 나눠주면서부터 발생했다는 걸 세상 모든 사람들이 안다.

그럼에도 그들은 미래의 패권을 뺏길까 봐 자신의 뜻에 반하는 세력들에게 거침없이 주먹을 꺼내 들었다.

지금.

동해를 향해 다가오는 다섯 개의 항모 전단도 마찬가지다.

아직 공격 신호는 없었지만 그들이 다가오는 이유는 대한민국이 백기를 들고 자신들의 뜻에 따르기를 강요하기 위함임이 분명했다.

그리고 그 행동은 미국 대통령이 전화를 해오면서 현실로 증명되었다.

"한국이 간덩이가 부었구려. 미군을 억류했다는 건 우리와 전쟁을 하겠다는 뜻으로 받아들여도 되겠소?"

"대통령님, 미국은 다섯 개의 항모 전단을 동해로 진출시키고 있습니다. 주한미군을 억류한 건 미국의 행동에 대한 당연한 조

치였을 뿐입니다."

"어쨌든 고맙군, 빌미를 마련해 줘서."

"고마울 것 없습니다. 그런 빌미가 아니라도 무슨 수를 쓰든 우리를 압박했겠지. 안 그런가요?"

"중국과 러시아를 끌어들였더군요. 진짜 우리와 해볼 생각이오?"

"원한다면!"

미국 대통령의 질문에 대통령이 싸늘한 미소를 지으며 차갑게 대답했다.

밀리면 안 된다.

조금이라도 기세에서 밀리게 된다면 이 협상은 물거품이 될 가능성이 컸다.

"도대체 한국이 왜 그러는 거요. 우린 오랜 동맹이었지 않습니까?"

"우리는 아직도 미국을 동맹으로 여기고 있습니다. 국제회의에서 의견이 다르다는 이유로 동맹을 깨고 대한민국을 선제 압박 하는 건 바로 미국이오."

"대통령님, 우린 한국과 싸우고 싶지 않아요. 그저, 우리와 함께 의견만 같이해 준다면 우린 싸울 이유가 하나도 없어요. 그러니 대통령님, 우리와 함께합시다. 우리와 함께한다면 오늘 이후 우리 미국은 한국을 최고의 파트너로 대우할 것이오."

"그렇게는 할 수 없습니다. 미국이 제시한 금은비 1:1은 전 세계가 반대하는 안입니다. 대통령님, 이제 세상은 하나의 국가가 지배해서는 안 되며 세계 모든 국가가 평등과 자유 속에서 미래로 나아가야 합니다. 패권을 놓지 않기 위해 무리하게 일을 벌인다면 결국 미국은 전 세계인의 지탄을 받게 될 것이오."

"끝까지… 우리의 뜻을 따르지 않겠다는 뜻이군."

"그렇소."

"우리에겐 현재 파견된 다섯 개의 항모 전단 외에 여섯 개의 항모 전단이 더 있소. 당신들이 끌어모은 떨거지로 우릴 상대할 수 있을 것 같습니까?"

"미국 역시 무사하지 못할 거요. 당신들이 자랑했던 항모 전단이 모두 수장되면 무슨 힘으로 세계를 억압할지 두고 봅시다."

"같이 죽잔 말이군. 과연 그렇게 될까?"

"분명히 장담하건대 그리될 겁니다. 우리도 피해를 보겠지만 당신들이 보낸 항모 전단 역시 살아서 돌아가지 못합니다."

"우리 미국 해군은 세계 최강이야. 중국과의 전쟁을 보고도 그런 소리가 나온단 말이오!"

"봤소. 강하더군. 하지만 우리에겐 '고드 애로'가 있다는 걸 봤을 텐데?"

"끄응……."

대통령의 입에서 '고드 애로'란 단어가 나오자 미국 대통령의 입에서 저절로 신음이 흘러나왔다.

단순한 동영상에 불과했고 그 성능이 실전에서 얼마나 위력적인지 증명되지 않은 무기였으나 동영상에 담긴 '고드 애로'의 디펜스 능력은 상상을 초월할 정도였다.

현대 해상전은 과거 함포 시대와 다르게 초정밀 중장거리 미사일로 승패가 결정된다.

그런 상황에서 함대를 보호하는 디펜스 능력이 누가 더 강한가에 따라 전투의 결과가 명확하게 갈라지는 건 당연한 일이다.

"그까짓 무기 하나 개발했다고 미국을 이길 것 같소?"

"싸움은 해봐야 아는 것이죠. 그리고 다시 말하지만 만약 우리가 진다 해도 미국은 지닌 전력을 거의 모두 상실한 후에야 승리하게 될 것이오. 여긴 우리의 바다고 우리의 땅이니까!"

대답에 숨어 있는 의미는 간단했다.

함대전에서 진다 해도 동해로 진출한 항모 전단은 무조건 전멸시키겠다는 의지가 포함되어 있다.

중국이 하지 못한 일을 대한민국은 강행하겠다는 뜻이었다.

그랬기에 미국 대통령은 다시 한번 긴 신음을 흘러내며 한동안 말을 잇지 못했다.

그때, 대통령이 그런 그를 향해 부드럽게 입을 열었다.

"대통령님, 다시 말씀드리지만 금은비 1:1은 전 세계 누구도 인정하지 못하는 방안입니다. 그러니, 재고해 보시는 게 어떻습니까?"

"어떻게 말이오?"

"금은비를 1:5로 한다면 대한민국은 미국의 의견에 동의할 수 있습니다. 물론 그러기 위해서는 세계 각국을 설득시켜야 되겠지만."

마지막 승부수를 던졌다.

이것이 대한민국이 숨겨왔던 마지막 카드이자 진정으로 원하는 패였다.

이병웅이 시나리오를 썼고 대통령이 완성한 대한민국 최후의 드라마가 바로 이것이다.

미국은 받아들일 수밖에 없다.

그러지 않고 계속 고집을 부린다면 그동안 자랑해 왔던 항모 전단과 전투기들이 전부 동해에 수장될 테니까.

*   *   *

이병웅이 금은비를 1:5로 계산한 것은 미국이 지닌 금은의 양과 대한민국이 보유한 양, 그리고 세계 각국이 보유한 양을 전부 감안해서 경제 규모를 치밀하게 분석한 결과였다.

미국의 독주만 막을 수 있다면 충분하다는 계산.

지금 당장은 미국이 보유한 금은이 대한민국보다 훨씬 많겠지만 4차 산업 분야에서 최강 국가로 자리매김한 이상 그들이 보유한 금과 은을 대한민국으로 전이하는 건 그리 어려운 일이 아니다.

그럼에도 금은비를 1:10으로 제시해서 미국을 압박했던 건 이런 상황을 만들기 위함이었다.

미국 대통령은 초조한 듯 두 손을 맞잡은 채 비벼댔다.

절대 패권을 내어줄 수 없다는 건 그뿐만 아니라 이곳에 모인 모든 각료들, 심지어 야당인 민주당까지 공통적으로 가진 의지였다.

그랬기에 전 세계 언론의 비난을 감수하며 한국을 치려고 했던 것이다.

한국만 때려잡으면 영원히 패권을 유지할 수 있으니 다소간의 피해가 발생하더라도 반드시 제거할 생각이었다.

그러나.

한국의 대처는 눈부시게 빨라 중국, 러시아와 동맹을 맺으며 강력한 도전 의지를 숨기지 않았다.

대만해협에서의 싸움과는 근본적으로 본질이 다르다.

그 당시에는 중국이 러시아를 비롯해 꽤 많은 국가들과 동맹을 맺었지만 미국 쪽에도 일본과 영국, 이스라엘 등 친미 국가들이 적극적으로 나섰기에 일방적인 비난을 피할 수 있었다.

하지만 지금은 전 세계 국가들이 미친 듯이 미국의 군사행동을 비난하는 중이었다.

"경제수석, 당신은 한국 대통령의 제안을 어떻게 생각하시오?"

"안 됩니다. 압도적인 경제력 우위를 차지하기 위해서는 반드시 1:1로 가야 한다고 생각합니다. 우리 미국은 실질적으로 보유한 금의 양이 3,500톤에 불과합니다."

"대신 전 세계 절반에 해당하는 8억 온스의 은이 있잖소?"

"그건…그렇지만… 1:5로 확정되면 그동안 기축통화 보유국으로서의 특혜를 상당 부분 내어줄 수밖에 없습니다."

"휴우, 참 어려운 일이군."

"우리의 최종 목표는 지금까지 해왔던 것처럼 향후의 화폐 시스템에서도 마음껏 세계를 지배하는 것입니다. 그러기 위해서는 1:1로 가야 합니다."

경제수석의 보고를 받으며 미국 대통령의 표정이 일그러졌다.

몰라서 물은 게 아니다.

그럼에도 질문했던 이유는 작금의 상황이 그만큼 어려웠기 때문이었다.

"국방장관, 한국 대통령은 우리의 항모 전단을 전부 괴멸시킬 수 있다는 자신감을 보이는데 정말 가능한 일입니까?"

"전장이 동해라면… 충분한 가능성이 있습니다. 한반도, 특히 남한에는 12,000기의 현무 미사일이 포진하고 있습니다. 그들의 미사일은 세계 최고의 정확도를 자랑합니다. 더군다나, 한국의 해군과 공군은 중국과 질적으로 비교조차 할 수 없는 위력을 지니고 있기에 중국과 러시아의 항모 전단까지 가세한다면 해상전에서도 승부를 장담하기 어렵습니다."

"허어, 한국의 전력이 그 정도요?"

"함대전에서 가장 중요한 것은 디펜스 능력, 즉 MD시스템입니다. 우린 한국이 보유한 '고드 애로'의 성능이 어느 정도인지 확인하지 못했습니다. 그러나 동영상에서 본 것처럼 100%의 요격률을 가졌다면 우리 항모 전단은 살아남기 힘들 겁니다."

국방장관의 보고에 미국 대통령의 표정이 더욱 일그러졌다.

'고드 애로'. 신의 화살.

동영상에서 보여준 '고드 애로'는 이름 그대로 신의 화살처럼 날아가 공격해 온 미사일을 전부 격추시켰는데 수십 줄기의 빛이 동시에 날아가는 장면은 경이적인 것이었다.

"국무장관, 당신의 생각도 말해보시오."

"대통령님, 송구스럽지만 현재 전 세계 언론은 우릴 향해 맹공을 퍼붓고 있습니다. 노골적으로 패권 유지를 위해 마구 총을 쏴댄다는 것이죠. 솔직히 그런 뉴스들을 접할 때마다 부끄럽습니다. 미국은 세계 경찰이란 이름으로 하고 싶은 일들을 마음껏 해왔지만 아무도 우릴 제지하지 못했습니다. 그건 미국이 기축통화란 절대무기를 보유했고 강력한 군사력을 지녔기 때문입니다. 하지만 지금은 기축통화가 무너졌고 한국의 군사력이 워낙 강해져 핵무기를 제외한다면 압도적인 승리를 얻을 수 없습니다. 저의 국무부에서 분석한 자료에 따르면 한, 중, 러가 동맹을 맺고 전면전을 벌였을 때 승률이 50%가 나오지 않았습니다. 한국이 보유한 '고드 애로'가 제외된 상태에서의 분석이기 때문에 그것을 감안한다면 승률은 훨씬 떨어질 것으로 예측됩니다."

"그래서요?"

"저는 미국이 전 세계를 상대로 싸우면 안 된다고 생각합니다. 운이 좋아 동해에서 한, 중, 러의 연합군을 격파한다 하더라도 세계는 미국을 존경하지 않을 겁니다. 힘으로 존경을 살 수 없기 때문이죠."

"으......."

국무장관의 말을 들은 미국 대통령의 얼굴이 시뻘겋게 붉어졌다.

자신도 모르게 생긴 부끄러움.

비록 미국을 위해 한 행동이었지만 다른 나라의 입장에서 본다면 자신들은 패권에 미친 괴물로 보일지 모른다.

그럼에도 그의 머릿속에는 온통 미국의 이익이 먼저였다.

"시간이 없으니 결론을 내립시다. 나는, 미국 본토가 공격당하는 상황을 한 번도 생각한 적이 없소. 만약, 우리가 해상전에서 지게 된다면 그들의 상륙을 우리는 막지 못할 것이오. 그럴 경우, 전 세계는 괴멸이 되겠지. 결국 우린 마지막 자구책을 선택해야 될테니까. 경제수석, 만약 그런 경우로 진행된다면 우린 어찌해야 하오?"

"죄송합니다. 저는 경제학자라 경제 측면에서 저의 판단만을 말했을 뿐입니다."

"다시 묻겠습니다. 금은비를 1:5로 하면 우리가 패권을 놓치게 됩니까?"

"아닙니다. 우린 1:5로 해도 전 세계에서 가장 많은 금과 은을 보유하고 있습니다. 그러니 패권을 놓치지는 않을 것입니다. 다만, 완벽하게 세계경제를 제압하지 못한다는 것뿐이지요."

"알겠소. 그럼 이제 결론을 내립시다……."

*   *   *

미국의 부담은 크다.

항공모함이 동해로 진출하는 순간부터 전 세계 언론은 미국의 횡포에 대해 동시다발적으로 포화를 퍼부었는데 심지어 형제국이라는 영국 언론까지 가세한 상태였다.

전 세계를 상대로 싸워도 이긴다는 군사력이 있으나 세상은 홀로 살아갈 수 없는 법.

결국 미국은 대통령의 제안을 받아들이고 항모 전단을 후퇴시키는 선택을 했다.

난세에서 영웅이 만들어진다고 했던가.

전쟁에 대한 긴장이 완화되면서 세계는 대한민국의 행동을 찬양하느라 정신이 없었다.

위험을 무릅쓰고 자유와 평등, 정의를 실천한 대한민국의 행동에 그들은 진정으로 존경심을 표했다.

하지만 이병웅은 봇물처럼 터져 나오는 전 세계 언론의 찬사를 보면서 의미심장한 미소를 지었다.

아는가.

국제사회에서 실속 없는 찬사는 아무런 의미가 없다.

우린 당신들을 위해 총대를 멘 것이 아니라 대한민국에게 가장 최선의 방법을 선택했을 뿐이야.

*　　　　　*　　　　　*

2022년 9월. G50 정상회의.

대통령이 푸른 정장을 입은 채 회의장으로 올라가는 계단에 도착하자 수많은 기자들의 카메라가 터졌고, 한쪽에서는 환호성이 흘러나왔다.

다른 나라 정상들과는 완벽하게 다른 대우.

대통령은 그런 기자들과 운영진에게 손을 들어준 후 천천히 걸어 회의장으로 향했다.

계단을 다 올라서 문을 열고 들어서자 영국 총리가 반갑게 다가왔고 중국 주석과 러시아 대통령이 뒤질세라 손을 내밀었다.

미국이 대한민국의 안을 받아들인 후 대통령은 직접 나서서 주요 국가의 수장들과 금은비의 조율에 대해 설명했다.

워낙 미국이 강력하게 주장했기 때문에 각국의 수장들은 대통령의 설득을 받아들일 수밖에 없었다.

그들로서도 대한민국의 제시안이 최선이라는 걸 인정했기 때문이었다.

여기서 더 미국을 압박한다면 답이 안 나온다.

어느 정도의 패권을 인정해 주고 적정한 타협점을 찾지 않는다면 미국은 세계를 상대로 거대한 모험을 감행할 수 있었다.

그랬기에 후속 G50 중앙은행장 회의에서 금은비의 1:5 결정은 순조롭게 진행되었던 것이다.

대통령이 이탈리아로 날아온 것은 향후 화폐 시스템의 세부 사안이 전부 결정되어 각국 수반들의 사인이 필요했기 때문이었다.

"대통령님, 만나서 반갑습니다. 전화상으로만 통화하다가 이렇게 직접 뵈니 영광입니다."

"별말씀을요. 그동안 잘 지내셨죠."

대통령이 웃으며 손을 맞잡자 러시아의 대통령이 슬며시 허리를 잡으며 방향을 돌렸다.

뭔가 하고 싶은 말이 있다는 뜻이었다.

"대통령님, 오늘 회의를 끝내고 따로 자리를 마련하실 수 있겠습니까?"

"따로요? 무슨 일인지 대충은 알아야……."

"저는 대통령님과 우리 러시아의 경제 재건, 한국과의 교류 확대에 대해 심도 있게 이야기를 나누고 싶습니다."

"아, 그렇군요. 그렇다면 제가 시간을 내보죠."

흔쾌히 대답해 주었다.

어차피 차후의 미래는 국가 간의 경계가 허물어질 수밖에 없는 4차 산업 시대로의 진입이었으니 러시아처럼 광대한 영토를 지닌 국가와의 협력은 대한민국에게도 반드시 필요했다.

재있는 건, 회의가 시작되기 전 대통령을 찾아온 국가수반들의 숫자가 10명이 넘었다는 것이었다.

그들은 모두 대한민국과의 경제협력을 간절히 원했는데, 빠른 시간 내에 정상회의를 요청해 왔다.

모두에게 긍정의 표시를 보냈다.

원한다면 언제든지 대한민국은 모든 국가들과 협력할 준비가 되어 있었다.

회의는 길지 않았다.

이미 모든 것이 결정되어 있었기 때문에 국가수반들이 순서에 맞춰 사인하는 절차만 남았을 뿐이었다.

그날, 저녁.

모든 국가수반들이 참여한 리셉션이 벌어졌다.

이탈리아 측에서는 7성급 호텔을 통째로 빌려 리셉션장을 꾸몄는데, 국가수반들이 함께하면서 즐거운 시간을 보내도록 최선의 준비를 했다.

즐거운 시간?

국가수반들이 만나는 자리가 단순히 즐기기 위함이라면 지나가는 개도 웃는다.

국가 정상들의 만남은 단순한 한마디조차 의미를 내포했고 치밀한 수 싸움이 벌어지기 때문에 웃음 뒤에는 언제나 싸늘한 긴장이 포함되는 법이다.

그럼에도 이번 리셉션장의 분위기는 다른 때와 극명하게 달랐다.

대부분의 국가 정상들이 대통령을 향해 다가왔는데 언제나 중심에 섰던 미국 대통령과 확연히 비교되는 모습이었다.

"대통령님, 우리 같이 한잔할까요?"

대통령이 중국과 러시아, 일본, 영국의 정상들과 함께 둘러서서 대화를 하고 있을 때 한쪽에 서 있던 미국 대통령이 천천히 다가와 입을 열었다.

그는 이스라엘 정상과 함께 대화를 나누고 있었는데, 그 주변에는 아무도 없었다.

"그러시죠."

"회의가 무사히 잘 끝나서 다행입니다. 모두 대통령님께서 수고해 주신 덕분입니다."

"그럴 리가요. 과찬이십니다."

"오늘 이후, 인류는 새로운 세상을 향해 나아갈 겁니다. 그런 세상에서 우리 미국은 한국과 지금까지 해왔던 것처럼 긴밀한 관계를 유지하길 희망합니다."

"저희도 마찬가집니다."

그 후로도 미국 대통령은 한동안 대통령의 곁을 떠나지 않으며 이것저것에 대해 의견을 물어왔다.

거기엔 대공황에서 서서히 벗어나고 있는 세계경제와 아직도 불씨가 남아 있는 중동 문제, 또다시 인류를 괴롭힐지 모르는 바이러스에 관한 것들이 포함되었고, 약진하고 있는 대한민국 4차 산업의 기술 발전에 대한 교류가 담겨 있었다.

대통령은 수많은 기자들의 카메라 세례를 받으며 미국 대통령과 함께 오랫동안 대화를 나누었다.

다근 국가수반들은 두 사람이 대화를 나누도록 자리를 비켜 줬는데, 두 사람이 선 곳은 바로 무대의 중앙이었다.

이것이 현재의 대한민국 위상이다.

*　　　*　　　*

새로운 화폐 시스템이 발표되면서 경제는 빠르게 안정을 되찾아갔다.

대공황에 빠져 있던 3년 동안 인류를 괴롭혔던 세계와의 단절이 하나씩 풀려가면서 무역이 다시 활성화되었고 내수도 살아나며 경제에 활력이 돌았다.

대공황이 닥쳐오자 전 세계는 굳게 문을 닫은 채 오로지 자신들의 생존에만 몰두했기에 아프리카와 남미 국가들은 기아에 시달렸는데 경제가 살아나면서 제일 먼저 대한민국은 그들에게 식량원조를 시작했다.

아직도 수많은 국가들이 침체에서 벗어나기 위해 몸부림을 칠 때 대한민국이 먼저 나서서 인류애를 보여줬던 것이다.

그러자 식량에 여유가 있던 미국과 동남아시아, 중국 등이 뒤를 따라 원조에 참여했다.

앞으로의 세상은, 힘으로 패권을 유지하는 것이 아니라 존경으로 인정받아야 된다는 것이 대한민국의 생각이었고 그런 진정성이 다른 국가들의 호응을 이끌어냈던 것이다.

제52장
마지막 콘서트

　JP모건의 데이몬 회장은 천천히 걸어 마천루 꼭대기 층에 있는 귀빈실로 향했다.

　JP모건은 대공황에서 하나의 상처도 받지 않았다.

　모든 금융자산을 완벽하게 정리하고 현금화시켰기 때문인데, 그들은 대공황이 절정에 달했을 때 미국을 비롯해서 전 세계의 우량 주식을 헐값으로 쓸어 담았다.

　"어서 오게."

　"마스터님, 그동안 강녕하셨습니까?"

　"나는 한동안 그리스의 산토리니에 있었다네. 6개월 동안 꿈

같은 휴가를 즐기다 왔어."

"휴식은 참 좋은 것이죠."

가면을 쓴 사내의 말에 데이몬 회장이 빙그레 웃음을 지었다.

세계 최대 은행 JP모건의 회장답게 전혀 아부가 담기지 않은
대답이었다.

"어제 모든 것이 마무리되었더군. 그동안 수고했네."

"저는 마스터님의 지시에 따랐을 뿐입니다."

"그게 어디 내 뜻이었겠나. 나 역시 전시안께서 지시한 대로
움직였을 뿐이야."

마스터의 입에서 전시안이란 단어가 나오자 데이몬 회장은
더 이상 이야기를 진행시키지 않았다.

전시안의 존재를 입에 담는 것 자체가 불경이었기 때문이었
다.

"우리가 예상한 대로 진행되었어. 금은비를 1:5로 맞춘 것도
훌륭했네."

"감사합니다."

"미국 정부의 움직임은?"

"대통령 특별 명령에 의해 JP모건이 보유한 은을 매입하겠다고
알려왔습니다."

"크크크… 당연히 그래야겠지. 은의 기준값은 얼마라고 하던
가?"

"1만 달러입니다."

데이몬 회장의 대답에 마스터의 고개가 가볍게 흔들렸다.

그들의 평균 매입가가 15달러였으니 온스당 만 달러라면 670배가 오른 금액이었다.

문제는 돈을 얼마나 벌었는가가 아니라 그들이 보유하게 된 디지털화폐가 8조 달러에 달한다는 것이었다.

신용화폐의 가치로 단순 비교 할 일이 아니다.

새로운 가치로 산정된 8조 달러는 전 세계에서 통용되는 디지털화폐의 20%에 달한다.

하지만 그들이 가지고 있는 건 그뿐만이 아니었다.

영국과 프랑스, 이스라엘 등에서 보유하고 있는 금의 양을 전부 합하면 전 세계가 보유하고 있는 양의 10%를 훌쩍 뛰어넘는다.

거기에 전 세계 기업들을 싼 가격에 무차별적으로 매입했으니 그들이 보유한 자금은 추정이 불가할 정도였다.

"이젠, 완벽하게 세계가 우리 수중에 들어왔군."

"그렇습니다. 한 가지 걸리는 것은 한국입니다. 그자들이 보유한 은의 양이 만만치가 않습니다."

"괜찮네. 뛰어난 어부도 모든 물고기를 잡을 순 없는 법일세. 그리고, 그런 상대가 하나쯤은 있어야 심심하지 않을 거라며 전시안께서 껄껄 웃으시더군. 곧 정리할 수 있을 테니 걱정하지 마."

"알겠습니다."

"언제, 나와 함께 산토리니에 가세. 그곳의 하늘이 무척 높고 맑아서 천국에 온 기분이었어."

"감사합니다. 언제든지 연락을 주시면 떠날 준비를 하겠습니다."

"그래… 자네의 그런 생각이 난 마음에 들어. 인생이란 언제든지 떠날 준비를 해야 아쉬움과 후회가 남지 않는 거라네. 안 그래?"

*   *   *

마이더스CC의 잔디가 파란 하늘과 어울려 한 폭의 그림처럼 펼쳐졌다.

대통령이 뜨면서 마이더스CC는 하루 폐장을 했는데, 누가 시켜서 그런 게 아니라 골프장 소유자인 이만호 회장이 스스로 결정한 일이었다.

이병웅이 골프장에 들어서서 옷을 갈아입고 식당으로 향하자 비서실장이 기다렸다가 VIP실로 안내를 했다.

아직 대통령은 도착하지 않았는데 VIP실에는 사람들이 이미 앉아 있었다.

그들의 얼굴을 확인한 이병웅의 얼굴이 잠시 굳어졌다.

역시 대통령이다.

VIP실에 앉아 있는 사람들은 차기 강력한 대권 후보인 여당의 윤수찬 의원과 야당의 문장용 의원이었다.

대통령은 차기 대통령이 될 사람들에게 이병웅을 소개시켜 주려고 했던 게 분명했다.

이병웅이 다가오자 자리에 앉아 있던 윤한길과 문장용이 어이없는 표정으로 변하는 게 눈으로 들어왔다.

그들은 가수인 이병웅의 출현을 이해하지 못하는 것 같았다.

그때 비서실장이 나서며 웃음과 함께 이병웅을 소개했다.

"오늘 대통령님께서 이병웅 씨를 초청하셨습니다. 대통령님께서는 두 분이 한편을 먹으시라고 하더군요. 당신께서는 이병웅 씨와 한편을 하신답니다. 지는 팀이 저녁을 사는 게 어떠냐고 하셨습니다."

"아, 그렇군요."

"대통령님께서 5분 후에 도착하신답니다. 이제 천천히 내려가시는 게 어떻겠습니까?"

"그럽시다."

두 사람이 어정쩡하게 일어서는 걸 보며 이병웅이 그 뒤를 따랐다.

비서실장의 소개를 받으며 악수를 했으나 아직도 그들은 이병웅의 출현이 이해되지 않는 것 같았다.

현관으로 나가서 잠시 서 있자 차량들이 줄줄이 들어오며 대통령이 중앙의 검은 세단에서 모습을 드러냈다.

"뭐 하러 나와 계십니까. 오늘은 사적인 자린데요."

"오래 기다리지 않았습니다. 이렇게 초청해 주셔서 감사합니다."

*   *   *

대통령은 골프를 잘 치지 못했다.

드라이버 거리는 150m 나갔고 두 번에 한 번꼴로 쪼루를 냈는데 그때마다 대통령은 격렬하게 아쉬움을 나타내며 이런 말을 했다.

"나이가 들어서 그래요. 나도 왕년에는 250m씩 보냈어요!"

유쾌한 라운딩.

대통령이 뒤늦게 이병웅을 두 사람에게 소개시킨 건 9홀이 끝나고 그늘집에 들어섰을 때였다.

"오늘 두 분을 초청한 것은 개인적으로 병웅 군을 소개시켜 드리기 위함입니다. 나는 대통령에 재임하면서 병웅 군에게 많은 도움을 받았거든요."

"어떤 도움을 말씀하시는지 저는 잘 모르겠습니다."

야당의 문장용이 슬쩍 표정을 굳히며 대답했다.

이제 임기가 얼마 남지 않은 대통령이 개인적인 은원 관계 때문에 이병웅을 소개시키는 게 아닌가 하는 의심이 들었던 것이다.

야당의 4선 의원인 그는 보수의 중심인물로 대쪽 같은 성격과 청렴함을 지녔고 원내대표와 당대표를 지내는 동안 국민들에게 절대적인 지지를 받은 정치인이었다.

그의 정치 철학은 명확했다.

국민들을 위해서라면 정부가 잘하는 정책은 적극적으로 도왔고 미흡한 부분은 철저하게 질타해서 더 나은 방향으로 진행되도록 만들었다.

대공황이란 위기 속에서 대한민국이 무사히 버텨낼 수 있었던 것은 문장용이 선두에 선 야당의 협조가 절대적이었다.

"그 도움에 대해서는 문 의원께서 대통령에 당선되면 말씀드리지요."

"대통령님, 사실 저 역시 이병웅 씨의 출현이 궁금해서 골프가 제대로 되지 않았습니다. 설마 대통령님께서 저희들한테 청탁을 하지는 않으실 거고… 웬만하면 무슨 사연인지 이야기해 주시죠."

이번에 나선 건 여당의 윤수찬이었다.

정치 경력 20년 동안 단 한 번도 구설수에 오르지 않았던 여당의 간판스타.

현재의 양강 구도는 어느 한쪽이 우세하다고 말하지 못할 정도로 팽팽한 상태였는데 윤수찬의 국민지지도 역시 문장용에게 전혀 밀리지 않았다.

한마디로 용들의 싸움이다.

각 정당의 대선 후보 선정 과정에서 압도적인 지지를 받고 올라온 두 사람은 단 한 번도 서로를 비방하지 않을 정도로 깨끗한 경쟁을 하는 중이었다.

"두 분께서 이렇게 압박하시니 할 수 없이 말씀드려야겠군요. 사실, 이병웅 씨를 이 자리에 초청한 것은 두 분의 양해를 얻기 위함입니다."

"무슨 말씀이신지……."

"저는 두 분 중에 누가 차기 대통령이 되든 제 퇴임식과 신임 대통령 취임식이 국가의 축제가 되길 바랐습니다. 그래서, 취임식이 끝난 후 이병웅 씨의 콘서트를 개최하고자 합니다."

"헉!"

대통령의 말에 두 사람이 동시에 헛기침을 토해냈다.

정말 상상조차 하지 못했던 말이었기 때문이었다.

"대통령님, 그건 어려운 일인 것 같습니다. 대한민국 역사상 그런 일은 한 번도 없었습니다."

"알아요, 안답니다. 하지만 우리 국민들은 대공황을 겪으면서 엄청난 고통을 당했습니다. 그런 국민들을 위로할 수만 있다면 그까짓 전통이 문제겠습니까?"

지긋한 시선으로 바라보는 대통령을 향해 두 사람의 시선이 마주 부딪혔다.

그런 후 긴 한숨을 몰아쉬었다.

대통령의 시선에 담겨 있는 건 마지막까지 국민을 생각하는 진심이었기 때문이었다.

＊   ＊   ＊

득달같이 달려온 '창공'의 김윤호가 이병웅의 멱살을 잡고 흔들기 시작했다.

그는 말도 안 되는 전화를 받은 후 정신없이 뛰어왔는데 얼굴이 붉게 상기되어 있었다.

"너, 정말이냐. 그 농담 정말이냐고!"

"제가 왜 거짓말을 하겠습니까. 진짭니다."

"아이고, 내가 오래 살다 보니 별꼴을 다 겪는구나. 세상에…… 대통령 취임식 날 콘서트라니. 인류 역사상 아마 처음 있는 일일 거다. 자, 이제 말해봐. 뭐가 어떻게 된 거야?"

"어제 청와대에서 연락이 왔어요. 대통령 취임식 날 국민들을 위해 콘서트를 열어달라고 하더군요. 그동안 고통받은 국민들을 대통령님께서 위로하고 싶답니다."

"그래서?"

"하겠다고 했어요."

김윤호가 두 눈을 껌벅거리며 벙어리처럼 입만 벙긋거렸다.

아무리 생각해도 이건 말도 안 되는 일이었기 때문이었다.

"너만?"

"초대 손님으로 세 팀 정도 출연시키겠다고 했습니다. 창공 쪽에 최고들 많잖아요. 그들 중 고르면 되겠네요."

"오죽하겠냐. 몇 곡이나 부를 건데?"

"10곡, 각 앨범마다 한 곡씩만 부르는걸로 하죠."

"앞으로 바쁘게 생겼군. 두 달 동안 정신없이 움직여야겠어. 그런데… 궁금한 게 있다."

"뭡니까?"

"뭐긴 뭐야, 돈이지. 청와대가 네 콘서트 비용을 댈 정도로 돈이 많아?"

"청와대가 돈이 어디 있어요."

"그럼?"

"그냥 제가 준비하겠다고 했습니다. '창공'의 김 사장님이 그동안 돈 많이 벌어서 사회를 위해 그 정도는 할 수 있다고 했어요."

"이런 미친놈아, 내가 돈이 어딨어!"

"하하하… 이럴 때 통 크게 한번 쏘세요. 그동안 저를 굴려서 엄청 많이 벌었잖아요."

"우와… 병웅아, 너 콘서트 한 번 여는 데 드는 비용이 얼마나 되는지 알고 그런 소릴 하는 거니. 이 자식아, 그 정도 규모의 콘서트를 준비하려면 최소 70억은 있어야 돼!"

"얼마 안 드네요. 그래서 못 대겠다 이겁니까?"

"난 못 대. 돈 없어."

"좋아요. 그럼 제가 대죠. 대신 사장님 수고비는 없습니다."

"끄응… 아냐, 내가 잘못 말했다. 70억 가지고는 부족해. 최소 100억은 있어야 해."

"흥, 낙장불입입니다."

김윤호가 정신을 차리고 금액을 바꿨으나 이병웅은 콧방귀를 뀌면서 등을 돌려 버렸다.

이, 귀신같은 놈이……

오랜 세월 동안 수많은 콘서트를 진행하면서 머릿속에 들어 있는 계산이 자신도 모르게 튀어나왔다.

미국을 비롯해서 각국을 돌며 진행되었던 콘서트 비용이 개략 70억이었기에 버릇처럼 튀어나왔던 것이다.

기획사가 콘서트를 준비하기 위해서는 수많은 작업들이 이뤄져야 한다.

특히, 이병웅의 콘서트는 더욱 그렇다.

지금까지 그는 이병웅의 콘서트를 준비하면서 대충 한 적이 한 번도 없었고 이번에는 상황으로 봤을 때 역대 최대 규모가 될 게 분명했다.

아차 했으나 이미 늦었다.

광화문에서 벌였던 콘서트에 들어간 비용이 정확하게 87억이었는데 '창공'의 인력 투입과 소속사 가수들에 대한 출연료를 전부 제외하고 정산된 금액이었다.

그랬으니 70억은 말도 안 되는 금액이다.

"병웅아, 나 좀 살려주면 안 되겠니?"

"하하… 농담입니다. 사장님, 제가 언제 손해 보는 장사 하는 거 본 적 있습니까?"

"그렇지, 그게 이병웅이지. 세상에 공짜가 어디 있어. 노력했으면 그만한 대가를 받는 거지. 안 그래?"

"이번 콘서트 비용은 전부 방송사에서 대는 걸로 협의가 되었답니다. 사장님은 준비 비용에 가수들 출연료, 회사 이윤까지 확실하게 받아내셔도 될 겁니다."

"진짜!"

"대신, 제 출연료는 받지 않겠다고 했어요. 제 출연료까지 계산하면 방송사가 감당이 안 되거든요."

"아이고, 예쁜 내 새끼. 그럴 줄 알았다. 네가 날 죽일 리는 없지."

김윤호가 펄쩍 뛰면서 기뻐했다.

그의 얼굴은 마치 구사일생으로 살아 돌아온 듯한 표정을 짓고 있었다.

"그렇게 좋으십니까?"

"당연하지. 열심히 일하고 돈 버는 건 최고의 행복이야."

"그런데 어쩌죠. 이번이 제 마지막 콘서트가 될 것 같은데?"

"무슨 소리야?"

"전 이번 콘서트를 끝으로 가수 생활을 은퇴할 생각이에요."

"하여간, 넌 어째 시도 때도 없이 장난을 하냐. 내가 그걸 믿을 것 같아?"

"진짭니다."

"시끄러워. 난 이제 간다. 밴드 맞춰놔야 하니까 곡 준비되는 대로 알려줘. 무대의상 생각한 거 있으면 코디한테 말하고. 저번처럼 늦게 알려주면 죽는다."

"사장님은 여전히 내 말을 안 믿으시네."

"야, 15년 동안 너하고 같이 일하면서 내가 속은 것만 해도 천 번은 넘을거다. 자, 난 이제 진짜 간다. 연습 스케줄 준비해서 알려줄 테니까 그때 보자. 무슨 일 있으면 전화하고!"

신이 난 듯 문을 박차고 나가는 김윤호의 뒷모습을 보며 이병웅이 빙그레 웃음을 지었다.

오랜만에 제대로 된 콘서트를 준비하게 되자 흥분에 겨운 모습이었다.

그의 말대로 15년 동안 그는 자신의 곁을 언제나 지켜준 동반자였다.

그러나 이제 가수로서의 삶을 끝내야 할 때가 되었다.

지금부터 그는.

어둠 속의 존재, '다크 쉐도우'와 본격적으로 싸워볼 생각이었다.

음모를 꾸며 세계를 완벽하게 장악한 존재.

오랜 세월의 준비 끝에 그들로부터 대한민국을 겨우 지켜냈지만 세상을 차지한 그들의 자금력을 감안한다면 절대 안심할 수 없었다.

*　　　　　*　　　　　*

대통령 선거가 전국을 열풍 속으로 몰아넣었다.

대공황이란 긴 터널을 빠져나오는 지금, 대한민국은 바뀐 화폐 시스템에서 새로운 지도자를 뽑기 위한 축제를 벌였다.

과거의 정치와 다르다.

서로 물어뜯고 비방하며 어떻게든 상대방을 깎아내려 이득을 얻기 위한 전략은 그 어디서도 찾아볼 수 없었다.

여야의 강력한 주자들인 윤수찬과 문장용 의원은 오로지 국가의 비전과 새로운 대한민국을 펼쳐 나갈 공약들로 깨끗한 승부를 벌였다.

정말 깔끔하다.

당사자들이 상대를 비방하지 않으니 국민들 역시 자신이 지지하는 후보의 공약이 얼마나 뛰어난가를 홍보하고 반대 후보의 공약 중에서 어떤 부분이 미진한지에 대한 지적과 분석에 집중했다.

선거를 통해 모든 국민들이 참여한 미래 대한민국 전략이 이런 과정을 거쳐 하나씩 완성되어 가고 있었으니 소모보다는 얻어내는 이득이 훨씬 많았다.

선거가 끝나고 출구 조사 결과가 발표되는 순간.

전 국민이 텔레비전을 지켜보고 있을 때 야당의 후보인 문장용도 역시 지지자들과 함께 화면을 보고 있었다.

꽤 많은 선거를 직접 치렀고, 지켜보기도 했으나 이렇게 승부에 대한 추가 팽팽한 적은 처음이었다.

전국을 이동하며 유세하는 과정에서 느낀 것은 자신도, 상대 후보인 윤수찬도 확실한 우세를 점하지 못했다는 것이었다.

"아이고!"

화면에 뜬 숫자를 확인한 의원들과 당직자들의 입에서 긴 한숨과 비명 소리가 흘러나왔다.

결과를 말하는 아나운서도 곤혹감을 숨기지 못했는데 출구 조사 결과가 너무나 어이없었기 때문이었다.

50.1:49.9

박빙이라 예상했지만 이런 결과가 나올 줄은 정말 상상조차 하지 못했다.

이건 오차범위 수준이 아니라 그냥 동점이라 봐도 할 말이 없는 상황이었다.

그나마 다행인 것은 50.1이 정권에 도전하는 자신이었단 것이었다.

대선 후보들은 출구 조사 결과만 확인하고 자리를 떴다가 결과가 나올 시점에 다시 선거캠프로 나오지만 문장용은 움직이지 않은 채 끝까지 화면을 지켜봤다.

과거의 전례 같은 건 의미없다.

이건 나의 선거였고, 나는 최선을 다해 싸웠으니 결과가 나올 때까지 지지해 준 사람들과 한순간도 놓치지 않고 진행 과정을 지켜볼 생각이었다.

시간이 흐르고.

결국 99%의 개표율이 찍히는 동안 셀 수 없는 역전의 순간들이 반복되었다.

그야말로 피가 마를 정도의 접전.

아나운서들은 역전이 될 때마다 영화의 하이라이트를 보는 것처럼 비명을 질렀는데 그건 문장용의 뒤에 있던 지지자들 또한 마찬가지였다.

그리고.

마지막 결과가 나오는 순간 모든 의원들과 당직자, 지지자들이 뛰어나오며 만세를 외쳐댔다.

표차는 불과 13,000표.

화면에 찍힌 승자의 이름은 문장용이었다.

*   *   *

'이병웅, 대통령 취임식에 맞춰 은퇴, 마지막 콘서트 개최'

대선의 열풍이 지나가고 새로운 대통령이 확정된 후 얼마 지나지 않아 특종으로 보도된 뉴스가 전국을 휩쓸며 충격을 불러일으켰다.

대한민국이 낳은 세계 최고의 가수, 갓 보이스 이병웅의 은퇴 소식은 순식간에 전 세계로 확산되며 수많은 팬들을 울부짖게 만들었다.

그는 그냥 가수가 아니다.

사람들의 영혼을 달래주는 신의 목소리를 가졌고 힘들고 지쳤던 사람들을 노래로 위로해 준 불멸의 우상이었다.

은퇴 소식이 보도된 후 모든 뉴스가 이병웅에게 집중되었다.

당연한 일.

불멸의 우상인 이병웅의 갑작스러운 은퇴는 수많은 추측과 상상을 불러일으키며 대한민국은 물론이고 전 세계를 발칵 뒤집어놓았다.

"오빠, 이게… 이게 무슨 일이야. 오빠가 왜 은퇴를 해요?"

이병웅이 중요한 손님들을 저녁 식사에 초대했기에 일하는 아줌마와 함께 부지런히 준비를 하던 황수인은 충격적인 뉴스를 접한 후 도저히 믿기지 않는단 얼굴로 이병웅의 소매 끝을 잡고 흔들었다.

다른 사람은 몰라도 아내인 그녀마저 몰랐다는 사실에 상당한 충격을 받은 것 같았다.

"할 만큼 했으니까… 수인 씨도 은퇴했잖아."

"난 아이들 키우려고 은퇴한 거죠. 하지만 오빠는 은퇴할 이유가 없잖아!"

"있어."

"어떤 이유?"

"가수 그만두고 사업하려고. 가수 생활 하면서 제법 돈을 벌어놨으니까 이제부터 유망한 사업을 해볼 생각이야."

"말도 안 돼… 오빠, 미쳤어요!"

이병웅이 빙그레 웃으며 말하자 황수인의 입에서 뾰족한 목소리가 사정없이 튀어나왔다.

결혼한 후에도 이병웅이 얼마나 많은 돈을 가지고 있는지 묻지 않았다.

그녀는 영화배우를 하면서 상당한 돈을 모았기 때문에 남편이 번 돈에 대해서는 관심이 없었다.

사랑하지 않아서가 아니다.

그녀가 이병웅의 돈에 관해서 묻지 않은 건 돈 문제로 인해 그녀의 사랑이 희석될지 모른다는 두려움 때문이었다.

하지만.

막상 이병웅이 가수를 그만두고 회사를 차린다는 소릴 하자 머리가 하얗게 비었다.

평생을 노래만 하면서 지낸 사람이 갑자기 사업을 한다는 게 말이 된단 말인가.

"빨리 기자들 만나서 아니라고 해요. 장난으로 말한 게 보도된 거라고 말하란 말이에요!"

"왜, 내가 사업한다니까 걱정돼?"

"당연히 걱정되죠. 연예인들 중에서 사업하다 망한 사람이 한둘이야?"

"그렇지. 하지만 걱정 마. 난 절대 망하지 않을 테니까."

"왜 안 망한다고 자신해요. 사업하는 사람들은 사기꾼들 천지고 눈을 잠깐 감아도 코를 베어 간다잖아요."

"난 다르거든."

"설마, 오늘 저녁 식사에 초대한 사람들이 혹시 그 사람들이에요?"

"응."

이병웅이 손님을 초대했다면서 같이 일하는 사람들이란 말을 했지만 한 귀로 흘려들었다.

남편의 직업은 가수였으니 기획사나 콘서트 관련해서 일하는 사람들이라 생각했던 것이다.

그런데 이제 보니 오늘 오는 사람들은 남편에게 헛바람을 집어넣고 있는 사람들인 것 같았다.

그녀의 목소리가 급해졌다.

어떤 사업인지 모르지만 사람들을 집에까지 불러들인다는 건 정말 빠져도 깊게 빠졌다는 걸 의미했기 때문이었다.

"안 돼, 그러지 마요. 제발, 내 말 좀 들어요. 오빠가 은퇴한다니까 수많은 사람들이 눈물을 흘리고 있잖아요. 그러니, 우리 이대로 그냥 살아요. 오빠… 애들을 봐서라도……."

황수인이 눈물을 그렁거리며 아이들을 자신의 앞으로 끌어당겼다.

초롱초롱 빛나는 눈을 지닌 큰딸은 불안한 시선으로 엄마의 품에 안겼고 이제 2살이 된 아들은 장난감을 손에 쥔 채 아빠를 향해 방긋거리며 웃음을 보내고 있었다.

이런 신파극이 있나.

황수인의 태도에 이병웅이 머리를 긁적이며 자꾸 문을 향해 시선을 던졌다.

이대로 시간이 조금 더 지나면 황수인은 아이들과 함께 눈물바다를 선사해 줄지 모른다.

띵동.

초인종 소리가 들리는 순간.

이병웅은 황수인의 시선에서 벗어나 총알처럼 현관문을 향해 달려가 문을 열었다.

먼저, 인터폰으로 확인하는 게 순서였지만 황수인의 시선을 피하기 위해 그는 그마저 생략했다.

지금 올 사람은 이미 정해져 있었다.

문이 열리며 사람들이 나타났다.

너무나 익숙한 얼굴들.

주춤거리며 남편을 따라 나온 황수인은 현관문을 통해 들어온 사람들의 얼굴을 확인하고 제자리에 멈춰 서서 움직이지 못했다.

나타난 사람들의 숫자는 모두 네 명에 불과했으나 그 면면이 세계경제를 한 손에 주무르고 있는 거물들이었기 때문이었다.

제우스의 총수 정설아, 이지스그룹의 윤명호 회장과 갤럭시, 농군그룹의 회장들이 바로 그들이었다.

　　　　*　　　　　*　　　　　*

　대통령 취임식 날.

　문장용은 청와대로 와달라는 대통령의 부탁을 받고 경호원들의 삼엄한 경호 속에서 성북동 사저를 출발했다.

　불쾌한 감정은 전혀 들지 않았다.

　이제 곧 청와대를 떠나야 하는 대통령은 퇴임 한 달 남았던 마지막 지지율 조사에서 무려 83%라는 경이적인 지지율을 기록한 사람이었다.

　대통령으로 재임하는 기간 동안 그가 남긴 족적은 대한민국 역사의 한 획을 그을 정도로 대단했다.

　농군그룹을 지원해서 식량자급률을 130%까지 끌어올리며 대공황이란 위기를 무사히 넘겼고, 4차 산업 분야에 대한 집중 지원으로 신기술 국제 특허가 독보적 세계 1위라는 성과를 얻어냈다.

　그뿐인가.

　대통령의 치적을 하나씩 열거한다면 밤을 꼬박 새워도 부족할 지경이었다.

　"어서 오세요, 다시 한번 축하드립니다."

　"대통령님, 감사합니다."

　"취임식 날 제가 불쑥 불러서 혹시 불쾌하지 않으셨습니까?"

"그럴 리가요. 대통령님께서는 대한민국의 큰 어른이십니다. 퇴임을 하신 후에도 언제든지 불러주시면 달려가겠습니다."

"허어, 일개 야인이 대통령을 어찌 부른단 말입니까. 용건이 있으면 제가 이곳으로 와야지요."

"논산으로 내려가신다고 들었습니다."

"그렇습니다. 이제 고향에 가서 남은 인생, 편하게 쉴 생각입니다."

"대한민국은 대통령님의 경륜이 절대적으로 필요합니다. 국가적으로 중요한 일이 생길 때마다 저는 대통령님을 괴롭힐 생각입니다. 그러니, 가끔 제가 괴롭혀도 나무라지 말아주십시오."

문장용이 대통령을 향해 진심을 내보였다.

비록 소속된 당이 다르지만 대통령의 국정 운영 경륜과 능력을 진심으로 배우고 싶었기 때문이다.

그때, 온화한 미소를 짓고 있던 대통령의 얼굴에서 미소가 사라졌다.

"제가 오늘 당선인을 모신 것은 바로 그것 때문입니다."

"무슨 말씀이신지……."

"저는 대통령 역사상 최고의 지지율을 얻으며 퇴임하는 대통령이 되었습니다. 하지만 저는 그 사실을 언제나 부끄럽게 생각하고 있습니다. 제 능력으로 얻은 평가가 아니기 때문이지요."

"대통령님의 치적은 여야를 막론하고 전부 인정할 만큼 대단한 것들이었습니다. 오죽하면 대부분의 국민들이 대통령님의 퇴임을 슬퍼하겠습니까. 그런 말씀은 받아들이기 어렵습니다."

"다시 말씀드리지만 그 모든 치적의 대부분은 저의 능력 때문이 아니었다는 걸 이 자리에서 솔직히 고백합니다."

대통령의 시선이 변하며 나온 말은 문장용의 입을 얼어붙게 만들기 충분했다.

그냥 빈말로 한 게 아니라는 걸 대통령의 눈이 강하게 증명하고 있었다.

그는 그냥 정치인이 아니다.

신임 대통령으로 당선될 만큼 관록 면에서는 타의 추종을 불허할 정도였으니 이상한 낌새를 눈치채는 건 어려운 일이 아니었다.

"대통령님, 저에게 진짜 하고 싶은 말이 있는 것 같군요. 말씀하십시오. 귀를 씻고 경청하겠습니다."

"그럼 말하겠습니다. 대한민국에는 수호신이 살고 있습니다. 저의 모든 치적은 그 수호신으로부터 나온 것이었고 현재 대한민국이 누리고 있는 영광 역시 그로부터 시작된 것이었습니다……"

*　　　*　　　*

여의도 광장.

대통령의 취임식에 참여한 국민들의 숫자는 언론 추산으로 무려 150만에 달했다.

대부분 여의도를 찾아온 사람들은 대통령의 취임식을 축하하기 위해 달려온 게 아니라 이병웅의 마지막 콘서트를 보려고 온 것이었다.

언제나 공식 행사는 지루하고 그건 대통령 취임식도 마찬가지다.

공식 행사는 정해진 식순에 의해 수많은 사람들이 차례대로 연단에 나와 떠들기 때문에 듣는 사람 입장에서는 따분하고 하품 나오는 게 전혀 이상한 일이 아니다.

이윽고 모든 행사가 끝나고 대통령을 비롯해서 삼부 요인과 외국 사절단이 차례대로 퇴장하자 늘어졌던 사람들의 눈에서 생기가 살아나기 시작했다.

이제 곧 그들이 가장 사랑하는 불멸의 우상, 이병웅의 콘서트가 문을 열기 때문이었다.

"신임 대통령이 너 덕분에 호강을 하는구나. 참석 인원 150만에 전 세계 언론 300여 개가 몰려들었어. 이런 취임식은 대한민국 역사상 처음일 거다."

"이제 준비해야겠죠?"

"모든 게 스탠바이 완료. 너만 나가면 돼."

"그럼 가봅시다."

"병웅아, 다시 생각해 보면 안 되겠냐. 너, 그거 죄짓는 거야. 그러다 죽어서 지옥 가."

"또 시작이시네."

"이 자식아!"

"그만하고 가요. 사람들이 기다리잖아요."

"휴우, 알았다."

김윤호가 한숨을 길게 흘리며 힘없이 발길을 옮기자 이병웅이 천천히 몸을 돌렸다.

그러자 그가 오기를 기다리던 하얀 제복을 입은 사내가 차 문을 열었다.

눈앞으로 다가온 물체는 승용차와 비슷한 외관을 지녔으나 바퀴가 달려 있지 않았다.

이 물체의 정체는 갤럭시가 이번 하반기에 출시하는 플라잉 카 '나바론'이었다.

3차 전지와 핵융합을 병행해서 만들어낸 수직 이착륙 플라잉 카 '나바론'은 연료가 필요 없고 최고 시속 600km/h가 가능하며 자율주행 등급 최초 5단계를 기록한 꿈의 자동차였다.

오늘 이병웅이 '나바론'을 선택한 것은 자신의 은퇴 콘서트에서 전 세계에 '나바론'의 존재를 알리기 위함이었다.

전 세계 이목이 집중된 지금.

최대한의 광고효과를 폭발시켜 단시간 내에 세상을 '나바론'으로 전환시키려는 의도였다.

하얀 제복을 입은 남자가 좌표를 찍고 간단한 조작들을 마치자 '나바론'이 수직으로 부양하면서 하늘로 떠올랐다.

인간의 오감을 자극하지 않을 정도로 부드러운 부양이었는데, 일정 고도로 올라가자 수평비행으로 전환되었다.

시범 비행 시 몇 번 타봤지만 탈 때마다 언제나 신비롭고 경이로움 그 자체였다.

푸른 하늘.

그리고 자신을 기다리는 150만의 인파를 내려다보면서 이병웅은 길게 숨을 들이켰다.

이곳에 오지 못했지만 자신의 마지막 콘서트는 생방송으로 전 세계에 중계되고 있으니 수억 명의 사람들이 자신이 나타나기를 기다리고 있을 것이다.

'나바론'이 창공을 활강하며 오색 연기를 뿜어내자 여의도를 가득 채운 관객들이 손가락으로 하늘을 가리킨 채 펄쩍펄쩍 뛰는 게 보였다.

사람들은 '나바론'을 처음 본다.

전 세계를 충격에 몰아넣으며 '나바론'의 출시가 몇 달 전부터 각종 뉴스에 도배되었으나 실물은 지금까지 베일에 싸인 채 한 번도 노출되지 않았었다.

조종사의 정교한 조작에 의해 '나바론'이 한 치의 오차도 없이 이병웅을 무대에 내린 후 다시 날아오르자 관중들의 입에서 거대한 함성이 흘러나왔다.

경악과 탄성,

플라잉 카를 직접 눈으로 확인한 군중들은 믿기지 않는 사실에 놀라움을 숨기지 못했다.

그런 군중들을 바라보며 이병웅은 무대의 중앙으로 천천히 걸어 나갔다.

놀랐나요?

하지만, 이건 시작에 불과해요. 우리 대한민국의 영광은 이제부터가 진짜거든요.

지켜보세요.

내가, 그리고 당신들이. 얼마나 멋지고 대단한 대한민국을 만들어가는지!

『전설의 투자가』 완결